Form, Fiktion und Fake

Jan Augustiny

Form, Fiktion und Fake
Roman-Dokument

"Alles um uns herum,
alles was wir sehen,
was wir sind, ist Fiktion."

Daniel Brünn

Für Daniel Brünn

Inhalt

I.

Vorwort

Die Erörterung des Themas Form, Fiktion und Fake bedarf einer sorgfältigen und genauen Herangehensweise. Elemente des Inhalts fordern ihren Einfluß auf die Form, die Form nötigt den Inhalt und Inhalt und Form bedingen das Thema. Der folgende Text entstand aus der Recherche eines verwandten Themenbereichs und deutet auf aktuelle Probleme, ohne im direkten Sinne von "journalistischer Aktualität" zu sein. Im Zusammenhang der Fragestellung ist folgender Bezug zu erwähnen:

Das Forschungs- und Publikationsprojekt Roberto, das im Internet unter der Adresse www.werwarroberto.com einen aktualisierten Stand der Forschung um das Verschwinden Christian Sauls am 23. September 1987 bietet.

Danksagung:

Ich möchte hiermit meinem Mentor Daniel Brünn meinen größten Dank aussprechen, der mir durch seine Hinweise und seine Ermunterung dieses Projekt schmackhaft gemacht hat und mir in aufopfernder Form in vielen Sitzungen für die Beschreibung seiner Person und seiner Erkenntnisse Modell gestanden hat.

II.
Katastrophen-berichte

Beginn einer Geschichte der Docufiction

1 Niederländisches Fernsehen. 27. März 1978:

Zwischenfall. Während eines Urantransports vom Rotterdamer Hafen in das deutsche Atomkraftwerk Hortenbroich bei Aachen passiert das Unfassbare: Ein Transporter, beladen mit atomaren Brennelementen, explodiert aufgrund eines technischen Defekts im Kühlsystem. Ein ganzer Landstrich steht kurz vor der Evakuierung.

Die Nachricht ereilt die Fernsehzuschauer um 20 Uhr 28.

Im zweiten Programm des niederländischen Fernsehens läuft ein Fernsehfilm, als das Programm für eine aktuelle Sondersendung unterbrochen wird. Der Nachrichtensprecher Vilem van den Brook verliest in sachlichem Ton die Meldung, dass etwa hundert Kilometer außerhalb von Rotterdam ein mit radioaktiver Fracht beladener Spezialtransporter aus bis dahin ungeklärten Umständen verunglückt sei und Feuer gefangen habe. Der Transporter sei, laut den Angaben des Transportunternehmens, mit drei atomaren Brennelementen in einem speziellen Sicherheitscontainer beladen.

Es sollte noch eine halbe Stunde vergehen, bis das Fernsehen erste Aufnahmen der Unglücksstelle senden konnte und diese undeutlichen Aufnahmen, auf denen der bren-

nende Transporter durch die dichten Rauchschwaden kaum zu erkennen war, eine nationale Hysterie auslösten.

Obwohl oder gerade weil der Nachrichtensprecher die Bevölkerung dazu aufruft sich ruhig zu verhalten, bis das Ausmaß des Unfalls zu erkennen sei, gebärdet sich das niederländische Volk hysterisch. Das Fernsehen sendet Bilder von schreienden Kindern und Familien, ein Reporter wird vor laufender Kamera beinahe von dem Wagen eines amoklaufenden Taxifahrers überfahren und weniger als zwei Kilometer von der Unglücksstelle entfernt bleiben die eintreffenden Einsatzwagen der Feuerwehr im Chaos der Blechlawinen stecken.

Inzwischen hat man im Fernsehstudio in aller Eile Experten herbeigerufen, die anhand vorgefertigter Schaubilder die Sicherheit der Schutzbehälter erläutern. Den Zuschauern wird das Konstruktionsprinzip der betonummantelten, zylindrischen Spezialwanne beschrieben. Ihnen wird die spezielle Blei- und Zinnverbindung vorgeführt, die dafür konstruiert ist, einer Hitze von über tausend Grad standzuhalten.

Es bleibt fraglich, ob diese Ausführungen irgendeinem der Fernsehzuschauer das Verhältnis zwischen jener Wahrscheinlichkeit, dass sich im Inneren der Betonhülle eine Temperatur von über tausend Grad bilden kann und der Wahrscheinlichkeit, dass eine solche Temperatur zu einer atomaren Kettenreaktion führt, verständlich erklären konnten. Ganz offensichtlich aber haben gerade die genauen Ausführungen der Experten über die technischen Grenzwerte, ihr sprachlicher Duktus und die Vorführung einer Wahrscheinlichkeitsrechnung, in der der Begriff "Restrisiko" weiten Teilen der Bevölkerung das erste Mal schmerzlich bewußt geworden ist, das Gefühl einer realen Bedrohung und der allgemeinen Machtlosigkeit fest verankert.

2 Schweiz, August 1975

Drei Jahre vor diesem Ereignis bewegte eine Dokumentation des Schweizer Fernsehens die eidgenössischen Gemüter in ähnlicher Weise, wie in dem vorangegangenen Fall die niederländischen. In diesem Fall bewahrte lediglich die zeitliche Distanz, die zwischen dem Vorfall und dessen Veröffentlichung im Rahmen des dokumentarischen Fernsehberichtes lag, die Bevölkerung vor einer Hysterie, wie sie die niederländische erfahren hatte.

Die Dokumentation, die am 20 August 1975 unter dem Titel "Friedhöfe des Vergessens" ausgestrahlt wurde, behandelt eine Entdeckung, die unmittelbar auf die Umgangspraxis der Schweizer Behörden mit ihrer Vergangenheit zwischen 1933 und 1945 bezug nimmt.

Der Film weist nach, dass eine "ungeheure Zahl von Leichenfunden", vor allem in den bevölkerungsreichen Regionen um Zürich und Genf, durch staatliche Stellen geheimgehalten werden. Der konkrete Auslöser für den Verdacht seien zwei aktuelle Leichenfunde, einer in Graubünden und ein anderer in der Nähe von Zürich, die von den zuständigen Stellen lapidar als Altlasten einer unrühmlichen Vergangenheit abgetan wurden. Der Dokumentarfilm recherchiert die genauen Umstände der Funde und die Reaktion der Öffentlichkeit auf die Haltung der Schweizer Behörden. Sukzessiv dringen die Filmemacher in die Thematik ein und enthüllen Schicht für Schicht eine Verschwörung des Schweigens von beängstigenden Ausmaßen. Im Verlauf der Dokumentation berichten Augenzeugen von zahlreichen Leichenfunden in Kellern und Gruben, in Fundamenten von Häusern und in der Erde von Obst- und Gemüsegärten.

Die Kamera dringt gnadenlos unter die saubere Oberfläche schweizerischer Moral, in die Dunkelheit einer

Wahrheit, die jahrzehntelang erfolgreich totgeschwiegen, aber dennoch und gerade dadurch von größter Aktualität ist, sie entblößt, durch modrige Keller kriechend, durch abgestandenen Schlamm watend, nur von dem diffusen Licht schwacher Taschenlampen erhellt, einen Vertuschungsskandal, wie er für die Geschichte des Landes symptomatisch ist.

Der Fernsehbericht löste eine Welle der Empörung aus. Als Reaktion auf die Sendung machten die Schweizer ihrem Unmut in Leserbriefen an Zeitungen und Rundfunk und in Protestschreiben an Polizei und Behörden Luft und prangerten öffentlich die allgemeine und insbesondere die staatlich legitimierte Doppelmoral an.

3 Das Spiel mit dem Schock

Bei beiden oben beschriebenen Fernsehsendungen handelt es sich um fiktive Dokumentationen, angewandte Medienkritik. Zwei Szenarien eines Genres, das bereits in den sechziger und siebziger Jahren eine Prognose und Kritik der aktuellen und zukünftigen Medien- und Gesellschaftsentwicklung, bieten wollte.

Beide Beispiele sind insofern symptomatisch für das Genre, als sie sich affirmativ der Formen und Erzählweisen des Fernsehens und seiner Rezeption bedienen, um ein Schockerlebnis hervorzurufen und, ähnlich der Katharsis der griechischen Tragödie, einen Reinigungs- und Erkenntnisprozeß auszulösen. "Durch die schockierenden Ereignisse in Angst und erhöhte Aufmerksamkeit versetzt, sollte der Zuschauer im Augenblick der Offenbarung seiner eigenen Medienhörigkeit gewahr werden und somit in der Lage sein, den in pädagogischer Absicht ausgelösten Diskurs zu erkennen, ihn nachzuvollziehen und eine kritische Haltung gegenüber den Medien einzunehmen."

Dieser medienpädagoische Entwurf ist das Ergebnis einer Studie, welche die Schweizer Regierung in Zusammenarbeit mit dem Schweizer Fernsehen 1976 in Auftrag gegeben hat.

Eine Arbeitsgruppe, die sich aus Mitgliedern mehrerer europäischer Fernsehanstalten und führenden Theoretikern, vornehmlich aus dem Kreis des Zentrums für Medienpädagogik der Zürcher Universität, zusammensetzte, sollte im Rahmen eines einwöchigen Symposiums Vorschläge für eine Neubestimmung und Neuorientierung des kulturpolitischen Bildungsprogramms im europäischen Fernsehen entwickeln. 42 Vorträge und Seminare ließen einheitlich ein medien- und kulturpessimistisches Bild entstehen. Die konkrete Umsetzung des Vorhaben scheiterte jedoch an der unvereinbaren Heterogenität der Stellungnah-men und Ansätze. Das Unvermögen der Kommission spezielle Vorschläge zu extrahieren führte dazu, dass anstelle des angestrebten Memorandums eine 250 Seiten umfassende Textsammlung unter dem Titel, "Die kulurpolitische Bildung in den Medien", veröffentlicht wurde.

Einigkeit herrschte nur in einem Punkt: Die Arbeitsgruppe begrüßte einstimmig die Entwicklung "hybrider Programme", zur Untersuchung des fernsehimmanenten Wahrheitsdogmas. Besonders hervorgehoben wurden zwei Konzepte des Schriftstellers und Journalisten Daniel Brünn, in denen "das Spiel mit den fiktionalen Elementen der dokumentarischen Fernsehwahrheit auf besonders konsequente Weise betrieben werden". Zwei Beispiele der fiktiven Szenarien wurden der Studie beigefügt.

III.
Hybride Programme

1 Daniel Brünn

Der Schriftsteller und ehemalige Journalist Daniel Brünn lebt heute, 81jährig, in der Nähe von Luzern. Seine neuesten Veröffentlichungen, ausnahmslos Romane mit einem sehr aktuellen Zeitbezug, haben Titel wie "Telemondo", "Telesphere" und "Hyperreal". Von seinen medienrevolutionären Ansätzen der sechziger und siebziger Jahre hat er sich heute weitestgehend distanziert. Sein Vorhaben, die Medien von innen heraus zu reflektieren und zu erneuern, ist, nach seinen Worten, "vor allem an dem starren Machtapparat der Fernsehanstalten gescheitert."

Daniel Brünn verließ die Schweiz 1939. Zwanzigjährig beendete er seine journalistische Tätigkeit bei den "Zürcher Nachrichten" und begab sich ins Exil in die Vereinigten Staaten. In den folgenden fünfzehn Jahren wurde New York seine vorübergehende Heimat.

Aus dem Blickwinkel und der Distanz des europäischen Emigranten beobachtete er die Propagandapolitik des dritten Reiches und später die Entwicklung der Massenmedien in Amerika und Europa. Er beteiligte sich rege an der Diskussion, ob und inwieweit die Medien für eine Gegenpropaganda und zur politischen Bildung zu nutzen seien und vertrat sehr früh die Meinung, dass die Medien im allgemeinen demokratisiert werden müssten, die Macht über die Verbreitung von Informationen und Meinungen nicht allein der Kulturindustrie überlassen werden dürfe.

Im Gegensatz zum Großteil seiner Kollegen, verließ er die Vereinigten Staaten 1954 und kehrte in seine Heimat, die Schweiz, zurück. Daniel Brünn ist in der Folgezeit seinem aufklärend pädagogischen Ansatz treu geblieben, seine Medientheorien und medientheoretischen Ansätze waren eine wichtige Grundlage für die Entwicklung der populären Medienkritik in den sechziger und siebziger Jahren. Jean-Luc Godard zitierte 1968 in seiner Anklage gegen die Filmindustrie im Vorfeld des Filmfestivals in Cannes eine Analyse, die Daniel Brünn 1949 in einer Textsammlung veröffentlicht hatte. Er wies darauf hin, dass die journalistischen Konzepte eines Daniel Brünn gegen die vorherrschende Medienmacht für die Entstehung einer kritischen Studentenschaft genau so wichtig waren, wie der Einfluß von Brecht, Eissler, Benjamin, Adorno und Eco.

"Warum wollen Sie mit mir sprechen?"

Ich starrte wie gebannt auf die grüne Leuchtschift der Anzeige.

"Weil ich Sie etwas fragen muß, Captain Jacob", brachte ich unsicher hervor. Ich erwartete keinerlei Antwort auf meine Feststellung. Ich war gerade im Begriff mein eigentliches Anliegen zu formulieren, als mir eine menschliche Stimme antwortete.

Die Verwunderung, die mich in diesem Augenblick ergriff, läßt sich rükkblickend unschwer nachvollziehen. Ich hatte seit 78 Stunden keinen einzigen menschlichen Laut gehört, außer dem Geräusch meiner eigenen Fingerspitzen auf der gummierten Tastatur meines L-Pilot™.

Aus: Telemondo von Daniel Brünn

2 Begegnung

Bei einem Journalisten, der nach gründlicher Recherche sein eigentliches Thema verlässt, können Sie von einschlägigen Gründen ausgehen. Die oben zitierten Texte bildeten den Anfang einer Untersuchung über den Wirkungsrahmen fiktionaler Dokumentationen, deren Fertigstellung einem Ereignis und den damit zusammenhängenden Erkenntnissen zum Opfer fiel.

Im Spätherbst des Jahres 2000 befand ich mich auf einer Rechercherereise in Paris. Ich hoffte, im Archiv der "Cahiers de Cinema" Informationen zu finden, die gewisse, bis dahin bestehende Lücken in meiner einleitenden Geschichte der "Docufiction" füllen sollten, als mich völlig unerwartet eine Einladung von Daniel Brünn erreichte.

Kurz entschlossen unterbrach ich meine Recherche in Paris und reiste wenige Tage später in die Schweiz. — Inzwischen sind dieser Reise noch viele weitere Reisen und viele weitere, angeregte Gespräche mit dem Autor gefolgt, jedoch hat gerade dieses erste Zusammentreffen mit dem Schriftsteller einen besonders tiefen Eindruck in meiner Erinnerung hinterlassen und einen nicht zu unterschätzenden Einfluss auf meine Auseinandersetzung mit dem Thema bewirkt.

Am Bahnhof in Luzern erwartete mich ein gut gelaunter, sichtlich neugieriger Mann, der um einige Jahre jünger wirkte, als ich erwartet hatte. Sein hintergründiger Humor gehörte zu seinen offensichtlichen und hervorstechenden Eigenschaften. Wir brachten mein Gepäck ins Hotel und fuhren mit seinem Wagen in die wunderschöne Umgebung von Luzern, wo er in einer kleinen Gemeinde ein Haus mit Blick auf die Alpen und auf den See bewohnt.

3 Telesphere Transit

Die Fahrt hinaus in die Natur war wie eine Reise in die geistige Welt des Schriftstellers. Bereits wenige Kilometer außerhalb von Luzern, eröffnete sich ein exaktes Ebenbild jener Landschaft, die Daniel Brünn in seinem Roman "Telesphere" als Rekreationsprogramm für die Bewohner der Biosphere-5 Station beschrieben hatte. In dem Roman eine der zentralen ethischen Fragen aufwerfend, berauschte mich in diesem Moment die Vorstellung, mit dem Schöpfer der Geschichte quasi durch seine holographische Simulation zu fahren. Die herbstliche Färbung des Laubes, beleuchtet vom Licht der untergehenden Sonne, die glänzende Oberfläche des Sees, der ab und an durch die Bäume schimmerte, und die scharf umrissenen Konturen der Berge, die das Bild umrahmten, versetzten mich in das atmosphärische Spannungsfeld zwischen der Perfektion einer Simulation, die im Roman vor allem an diesem Umstand erkennbar war, und einer für meine Augen unbeschreiblich schönen, ja vollkommenen Landschaft.

Der Auftrag der Bioshere-5 Station bestand darin, aus einer hermetischen Welt heraus eine Aussage über ihre Wirklichkeit zu treffen. In diese Landschaft versetzt, wurde mir die Schwierigkeit des Unterfangens in aller Klarheit bewußt. In dieser Umgebung einen Test für eine künstlich gestaltete Umwelt zu entwickeln, schien mir äußerst kompliziert, wenn nicht sogar, wie es der Roman zeigt, unmöglich.

Das im Roman angestrebte Testverfahren ist an einen gedankliches Postulat von Alan Mathison Turing angelehnt. Der englische Zahlentheoretiker entwickelte 1950 ein theoretisches Szenario, um die Schwierigkeiten, bzw. die Unmöglichkeit der Unterscheidung zwischen künstlich erzeugter Intelligenz und gewissermaßen natürlicher, menschlicher Intelligenz zu verdeutlichen. Seine hypothetische Prüfung, in der sich eine Maschine in einer Fragesituation als intelligentes Gegenüber bewähren musste, ist aus Ciceros *In dubio pro reo* geboren. Turings Postulat lautet, dass es die Höflichkeit gebietet, jedem Wesen und jeder Maschine Intelligenz zu unterstellen, solange ihm oder ihr nichts gegenteiliges nachzuweisen ist. Wir müssen bei jedem, der sich ähnlich intelligent verhält wie wir, von der Prämisse ausgehen, dass er zumindest ähnlich denkt wie wir, also auch gegenüber einer Maschine. In "Telespere" wird die Problematik, die sich aus Turings Test ergibt, auf die allgemeine Wahrnehmung ausgeweitet.

Im Roman scheitert die beschriebene Gesellschaft an dem Ziel, die Wirklichkeit ihrer Lebensumgebung als künstlich gestaltete zu erkennen. Auf dem Höhepunkt der Handlung kulminiert die dramatische, psychologische Spannung innerhalb der Gruppe, als sich einer der Forscher, der labile Mikrobiologe Dr. Fenner, in der Tiefe des dunklen Sees, im Zentrum des Rekreationsprogramms das Leben nehmen will.

Selbstmord und überhaupt die Möglichkeit eines Todes innerhalb der Simulation ist aus ethischen Gründen in dem Programm nicht vorgesehen. Um dieser Möglichkeit von vornherein vorzubeugen, vertraute man der Kompetenz der Psychologie. Sie sollte etwaige Absichten im Vorfeld erkennen und die konkrete Umsetzung abwenden. Der Psychologe der Gruppe, der als Intrigant eine für die Handlung des Romans zentrale Position besetzt, verhindert bewußt die Weiterleitung gewisser Informationen und beschleunigt die fatalen Entwicklungen.

Niemand aus der Gruppe der Forscher kannte den wahren Umfang des Projekts und unter diesem Gesichtspunkt ist dem Psychologen die Tragweite seiner Entscheidung nicht vorzuwerfen, wohl aber die Tatsache, dass er einen möglichen Tod unter seinen Schutzbefohlenen in Kauf nahm.

Der lebensmüde Mikrobiologe hatte die Station während seiner Ruhezeit heimlich verlassen und hatte sich in das Rekreationsgebiet außerhalb der Station begeben. *Er durchquerte den angrenzenden Wald und lief leise zu dem sich dunkel durch die Bäume abzeichnenden See. Bereit sich in den Tiefen des Wassers das Leben zu nehmen, schwamm er zielstrebig in die Mitte des Sees hinaus, holte ein letztes Mal Luft, um eine ausreichende Tiefe zu erreichen, und tauchte in die schwarze Kälte hinab.*

Zug um Zug glitt er dem Grund des Sees entgegen. Sein Körper kämpfte gegen den Widerstand des Wassers und gegen den Auftrieb seiner gefüllten Lungen. Er atmete aus, der Auftrieb ließ nach. Endlich gelang es ihm, in tiefere Regionen vorzudringen.

Der Druck in seinen Ohren nahm zu, langsam verlor er die Orientierung. Tauchte er weiterhin seinem Ziel entgegen, oder befand er sich wieder auf dem Weg zur Oberfläche? Verzweiflung machte sich breit. Seine Sinne gaben ihm keine Antwort. Und während ihm dieser Gedanke durch den Kopf schoß, überkam ihn die körperliche Panik des Ertrinkenden.

Der Sauerstoff in seinem Blut war erschöpft, seine Lungen begannen zu pumpen. Er hatte sich bewußt in diese Lage versetzt, aber nun meldete sich sein reiner, körperlicher Überlebensinstinkt. Seine Lungen verlangten Sauerstoff, die Natur forderte ihr Recht. Er presste die Lippen aufeinander, das Donnern seines Herzschlags hämmerte in seinem Kopf. Sein Körper streckte sich verzweifelt, seine Muskeln verkrampften. Langsam verlor er das Bewußtsein. – Und schnell kam er wieder zu sich.

Noch während er das Bewußtsein verlor, hatte sich sein Mund geöffnet und seine Lungen hatten begierig ihre Arbeit aufgenommen. Der Sauerstoff, den er seinem Körper vorenthalten wollte, strömte über Lunge, Herz und Blutbahn in sein Gehirn und tat dort sein übriges, um den schlafenden, bewußtlosen Geist zu wecken. Die Tatsache, dass er sich zu diesem Zeitpunkt auf dem Grund des Sees befand, könnte als der Auslöser für das Ende von Bioshere-5 gelten.

"Ich habe mir gedacht, wir essen heute abend in diesem Restaurant." Seine Worten rissen mich aus meinen Gedanken. Wir befanden uns genau über dem See. Daniel Brünn deutete auf ein altes Haus, das direkt am Ufer stand. "Abends kann man nicht mehr draußen sitzen, und dann ist es dort sehr ruhig. Es ist ein wunderschöner Platz, aber tagsüber ist es nicht auszuhalten. Man versteht sein eigenes Wort nicht."

Wir fuhren noch einen halben Kilometer den See entlang, bis sich die Straße wieder in die Berge hinauf wand und der Wagen nach zweihundert Metern in ein bewaldetes Grundstück einbog. Der Weg beschrieb einen Bogen und führte zu einem modernen, sachlich wirkenden Bungalow. In diesem Landstrich mit seiner pittoresken Architektur wirkte der flache Bau wie ein Haus aus einer anderen Welt – und aus einer anderen Zeit, wahrscheinlich der Zukunft, wenn ich die Eindrücke der letzten zwanzig Minuten als Gegenwart akzeptierte.

"Ich habe es gern hell und offen. Es war gar nicht einfach, in dieser Gegend ein Haus wie dieses zu finden." Wir schritten die breite Treppe hinauf.

Das Eindruck, der mich im Innern erwartete, warf mich sofort zurück in die Gedankenwelt des Romans "Telesphere". Es war ein ähnliches Gefühl, wie die Wiederentdeckung der simulierten Landschaft auf der Autofahrt vor zwanzig Minuten.

Das Betreten des Hauses glich dem Durchschreiten einer Trennungslinie zwischen einer gleichfalls unwirklich anmuten-den Landschaft und der künstlich gestalteten Wohnwelt. Durch die großen Scheiben des Hauses wurde der Innenraum faktisch ein Teil der Landschaft, beziehungsweise wirkte die Landschaft vor den Fenstern wie eine Projektion von Landschaft in eine häusliche Wohnumgebung, von den Scheiben auf Distanz gehalten und doch greifbar real.

4 Hyperraum

"Seit wir die Stadt verlassen haben, verstärkt sich mein Gefühl, in das Szenario eines ihrer Bücher geraten zu sein. Die ambivalente Atmosphäre der von ihnen beschriebenen Welten und Versuchsanordnungen scheint mich hier auf Schritt und Tritt zu verfolgen. Ich frage mich gerade, ob es die Landschaft ist, die diese Spannung hervorruft, oder ob ich, Ihre Beschreibungen im Kopf, diese lediglich auf die Landschaft projiziere."

Wir hatten uns, nach einer eingehenden Hausbesichtigung, die zwangsläufig mit einer Landschaftsbesichtigung einhergegangen war, in Daniel Brünns Arbeitszimmer eingefunden. Sein Arbeitszimmer war in Form und Anmutung einem Aquarium nicht unähnlich. Der einzige Unterschied zu einem gewöhnlichen Aquarium mit seiner nachgeahmten, miniaturisierten Landschaft bestand darin, dass sich die zu beobachtende Natur nicht innerhalb, sondern außerhalb des Aquariums befand. Riesige Buchen und Kiefern, deren Stämme in der abendlichen Sonne rot leuchteten, bildeten die rückwärtige Wand. Eine Wiese vor der Stirnseite, die an ihrem auslaufenden Ende wiederum von Kastanien begrenzt wurde, wirkte wie die sanfte, natürliche Fortsetzung des Raumes. Die einzige feste Wand war fast vollständig mit Büchern bedeckt, nur ein kleiner Durchgang führte in den Flur des Hauses, der das Arbeitszimmer mit den restlichen Räumen des Hauses verband.

"Ich weiß, was Sie meinen," bemerkte Daniel Brünn zustimmend. "Es ist diese absolut fehlerlose Simulation von Idylle, diese perfekte Projektion unserer Wunschbilder von

Landschaft, die uns so manches Mal an unseren Sinnen zweifeln lässt. Ich habe ein ambivalentes Verhältnis zu dieser Umgebung. Manchmal inspiriert sie, und manchmal empfinde ich sie beängstigend und fast erdrückend. Es ist natürlich mein Rekreationsprogramm von Biospere-5, das ich hier angesiedelt habe.

Ich habe mich immer damit abgefunden, dass es eine landschaftliche Idylle gibt, eine Postkarte für die Postkarte sozusagen. Als ich eines Tages mit den gesetzlichen Baubestimmungen für dieses Gebiet konfrontiert wurde, wandelte sich das Bild. Dieses Haus ist zum Glück schon Anfang der dreißiger Jahren errichtet worden. Heute dient die Realität nur noch zur Ausgestaltung idealer, kosmetischer Wunschvorstellungen. Es ist schon lange nicht mehr nur Hollywood, das uns diese idealisierte Oberfläche vorsetzt, man ist dabei, die Alltagswahrnehmung dieser künstlichen Welt nachzuformen. Heute wird das Ruhrgebiet zum Naherholungsgebiet, Zechen nennen sich Landschaftsparks. Wenn man die Auswirkungen der Industrialisierung, die Ausbeutung der Natur und die Errichtung von Städten, die einzig den Zweck des billigen Wohnens erfüllen sollten, als antiromantisches Konstrukt, also als antiidealisierte Landschaft anerkennt, dann ist die Wirklichkeit schon lange über Biosphere-5 und über die Vorstellung einer Matrix hinaus. Sie will keine Simulation einer als Realität erlebbaren Wiklichkeit, sie will bei vollem Bewußtsein eine nominative Auslöschung der Realität als solcher. Das ist eher der Soma Gedanke von Huxley ohne Soma.

Als Schriftsteller ist man zum großen Teil Beobachter und als Beobachter kann man an dieser Ironie durchaus eine gewisse Freude entwickeln. Henry James nannte als einzige Begründung für die Existenz eines Romans, dass er das Leben darzustellen versucht. Wenn aber die Welt, die wir sehen, selber schon ausgesprochen kunstfertig das Leben darzustellen vermag, dann eröffnet sich jenes Paradox, das für mich Inhalt und Voraussetzung zugleich ist."

5 Gespräch

"Kaminfeuer, rustikale Tische und Einrichtung und ein typisches, traditionelles Restaurant." Ich deutete auf die Umgebung. Wir hatten uns in der behaglichen Atmosphäre jenes von Daniel Brünn bevorzugten Restaurants eingefunden. "Mir scheint, Sie suchen geradezu Orte, die unwillkürlich an Kulisse und Künstlichkeit denken lassen."

"Das ist es, woran Sie bei Kerzenlicht, zweihundert Jahre altem Mauerwerk und guten Essen denken? Hm, das ist interessant. Ich lasse mich gern von dieser Kulisse einnehmen. Oder nehmen wir die Geselligkeit. Sie und ich geben vor, einen geselligen Abend zu verbringen. Sicher, von außen betrachtet ist es genau das, was wir tun. Wir unterhalten uns, trinken Wein in der netten Gesellschaft anderer mehr oder weniger geselliger Zeitgenossen und verhalten uns dementsprechend.

In Wirklichkeit sitzen wir hier, weil Sie ein Interview mit mir veröffentlichen wollen, weil das Interview ihrer Arbeit zusätzliche Authentizität und bessere Absatzchancen verleihen wird und weil ich dieses Spielchen aus meinen Gründen mitspiele; vielleicht, weil ich das Gefühl habe in gewisser Weise verstanden zu werden, weil ich wiederum die Publicity für den Verkauf meiner Romane gebrauchen kann und vielleicht, weil es das Gefühl der Einsamkeit ein wenig mildert. Für die anderen Bedürfnisse gibt es Familien oder gesellige Runden unter Freunden. Unsere Situation zähle ich nicht dazu, auch diese Umgebung zähle ich nicht dazu, aber die Gefühle, die diese Situation und diese Umgebung bei mir auslösen, die sind reizvoll."

Er beobachtete mich. "Ich spiele hier nicht den Geselligen

– keine Angst. Mir behagt die Vorstellung mit jemandem, dem mein Denken und meine Themen bekannt sind, über Welt und Literatur zu diskutieren – und doch spielen wir.

Wir simulieren eine zwischenmenschliche Umgebung, eine familiäre Situation, den an sich sehr intimen Moment der Essensaufnahme. Für uns ist es selbstverständlich dieses Rollenspiel zu spielen, und genauso selbstverständlich ist es für Sie die angenehme Atmosphäre, das Gefühl der Intimität, das durch diese erzeugt wird, schamlos auszunutzen.

Die Betreiber des Restaurants machen dabei mit ihrem Konzept nichts anderes. Sie erzeugen eine Atmosphäre, die wiederum die Nahrungsaufnahme unterstützen soll. Gleichzeitig suchen wir diese gewisse Atmosphäre, die wir für unsere Nahrungsaufnahme bevorzugen.

Entwicklungsgeschichtlich betrachtet ist es ein geschützter Ort und das Gefühl der Sicherheit, das unseren Vorfahren die Gemeinsamkeit des Stammes verschafft hat. Für uns scheint die inszenierte Behaglichkeit auszureichen."

"Ich weiß nicht, ob man das so einfach verallgemeinern darf. Ich spüre eher eine allgemeine Abkehr von aller Künstlichkeit. Authentisch. Zurück zur Natur. Unberührte Gegenden und echte Einheimische in abgelegenen Gegenden. Ein allgemeiner Trend scheint davon auszugehen, dass die Rettung irgendwo in einer letzen unberührten Bergspitze, was weiß ich wo, in den Anden vielleicht, oder in Thailand, liegt."

"Ja, der Trend ist in der Tat interessant. Vor allem, weil diese Menschen allesamt von dem Naturbegriff der Romantik ausgehen und in der Zuspitzung der Naturerfahrung, sozusagen als Höhepunkt, beim Abenteuerurlaub landen.

Der Abenteuerurlaub, der in seiner Form einem Konsumartikel entspringt, ist die etablierteste Form bewußter Inszenierung von Authentizität. Kein anderes Medium hat meines Erachtens dieselbe Spannweite zwischen Authetizitätsanspruch und reiner, realer Simulation, beziehungsweise Nachahmung medial vorgegebener Bilder. Der Bereich der Freizeitindustrie und hier vor allem die Touristikbranche arbeitet fast ausschließlich mit der Simulation vorgegebener Wunschbilder. Inwieweit sich die Umsetzung nur in den Köpfen der Reisenden abspielt, ist ein anderes Thema. Und ob es dabei über die Inszenierung der Wunschbilder für die Photo- und Videokamera hinausgeht, ist wieder ein anderes. Auf medialer Ebene betrachtet, handelt es sich nur um eine Verschiebung, wo der Hintergangene, der Reisende, in dem Moment, in dem er selbst medial tätig wird, im wahrsten Sinne des Wortes durch Reproduktion zum Mittäter wird."

"Der Mallorca-Reisende, der die einzige unverbaute Palme zum hundertsten Mal, aus allen erdenklichen Richtungen ablichtet."

"Und wir wissen nicht, wir können es uns beim besten Willen nicht vorstellen, was das bedeutet."

JACK (V.O.) I would flip and wonder, "What kind of dining room set defines me as a person?"

Jack drops the catalog down, open to this spread. PAN OVER to the magazine stack -- there's an old, tattered PLAYBOY.

JACK (V.O.) It used to be Playboys; now -- IKEA.

INT. JACK'S KITCHEN AND DINING ROOM - CONTINUOUS

-- Looking exactly like the photo in the catalogue. Jack walks in with the cordless phone still glued to his ear.

JACK I want to transfer my balance to get a lower interest rate.

Jack looks over the whole kitchen, dining room, and the living room beyond.

JACK (V.O.) The things you own, they end up owning you.

FIGHT CLUB by Jim Uhls

6 Definitionen

Am nächsten Tag setzten wir unser Gespräch fort.

"Worüber ich mit Ihnen sprechen möchte, ist in erster Linie das Thema Docufiction. Momentan habe ich einige Lücken in der Geschichte der Docufiction, die ich gerne mit Ihrer Hilfe füllen würde, und damit verbunden auch einige Fragen zum Verständnis und zur Motivation. Seit geraumer Zeit versuche ich die gesellschaftlichen Auswirkungen im Fernsehen ausgestrahlter fiktionaler Dokumentationen zu untersuchen. Mein Interesse gilt dabei vor allem soziologischen Aspekten, den pädagogischen Ansätzen und den Reaktionen der Gesellschaft auf die Sendungen.

Es gibt sehr wenige Zeugnisse über das Rezeptionsverhalten. Insgesamt gibt es überhaupt sehr wenig brauchbare Informationen über das Thema. Auch Ihre bekanntesten Sendungen des Genres scheinen in Vergessenheit geraten zu sein. Weder über die Sendung des Schweizer Fernsehens von 1975, bekannt geworden durch die Veröffentlichung im Rahmen der Schweizer Studie von 1977, noch über eine offensichtlich für das folgende Jahr geplante Katastrophensimulation ist irgendetwas in den einschlägigen Archiven verzeichnet. Was hat es mit diesen Sendungen auf sich, dass sie so gänzlich negiert werden? Oder, was haben diese Szenarien angerichtet, dass man sich gezwungen sah, jegliche Information quasi zu eliminieren?"

"Ihr Interesse und Ihre Mutmaßungen amüsieren mich wirklich. Ich selber habe das Thema fiktionale Dokumentationen inzwischen fast vergessen, oder vielleicht verdrängt. In den siebziger Jahren empfand ich diese Form der Bewußtmachung als adäquates Mittel, um im Sinne von Bertold Brecht in den meinungsbildenden Prozeß, der vornehmlich von Seiten der Kulturindustrie gesteuert wurde, einzuwirken. Aufklärung über die Manipulationsmöglichkeiten der Medien war das Motto und erschien damals als sinnvolle Anwendung meiner medientheoretischen und medienkritischen Studien.

Ich bewunderte den Scharfsinn Peter Weibels und lernte ihn irgendwann in den sechziger Jahren bei einer Vorführung in Zürich kennen. Wir stehen bis heute in regem Kontakt, er besucht mich regelmäßig. Im Ansatz und im Wirkungsbereich gab es allerdings seit unserem ersten Treffen heftige Differenzen. Ich warf ihm einen viel zu randständigen, medialen Ansatz vor, heute würde ich sagen, sein Problem war, dass er sich nur in dem engen Rahmen seiner intellektuellen Subkultur bewegte. Den Begriff Subkultur gab es damals noch nicht, auch ist der Begriff wiederum stark von der Kulturindustrie geprägt, aber damals bewegte sich die medienkritische Diskussion fast ausschließlich im intellektuellen, zumindest studierten Klientel und erreichte kaum den eigentlichen Empfänger, den Fernsehzuschauer, den Arbeiter und Kleinbürger, der an sich das Objekt und Ziel der Betrachtung war.

Ich versuchte, direkt in das Massenmedium Fernsehen einzugreifen und die entsprechenden Reaktionen durch geschickte Manipulation der Inhalte auszulösen. Natürlich begab ich mich dadurch in eine gewissen Abhängigkeit von den dynamischen Prozessen innerhalb der fest gefügten Instanzen des Mediums. Diese Abhängigkeit hatte ich anfangs unterschätzt. Auch glaubte ich, dass sich die allgemeine Politisierung, die im Europa der sechziger und siebziger Jahre stattfand, auch auf die Strukturen des Fernsehens auswirken würde. Aber, wie auch gesamtgesellschaftlich, gelangte die Umwälzung wenn überhaupt nur sehr träge von den Randbereichen in die Kernbereiche, in die eigentlichen Machtpositionen vor.

Sie werden lachen, aber von all den Konzepten, die ich in diesen Jahren schrieb, von all den Szenarien, Fernsehfilmen,

Krimis und sonstigen Aktionen, die ich entwickelte, ist nicht eine einzige je verwirklicht worden.

Da staunen Sie, was? Aber zurecht."

Ich wußte im ersten Moment nicht, wie ich diese Information auffassen sollte. "Und die Beispiele, die ich angeführt habe, was war mit denen? Wie kamen diese Sendungen in die Studie der Schweizer Regierung?"

"Die Studie," er lachte. "Als sich etwa 1975 zeigte, dass das Schweizer Fernsehen auch nach massiven Interventionen durch die Kulturbehörde und die Behörde für Bildung und Wissenschaften nicht bereit war, selbst eine ausgesprochen moderate Sendung auszustrahlen, obwohl ich Ihnen sogar soweit entgegenkam, dass ich sie aus privaten Mitteln mit Unterstützung durch die Kulturbehörde finanzieren und produzieren wollte, dachte ich nicht mehr ernsthaft an die Weiterverfolgung meiner Pläne. Die Verhandlungen mit dem Fernsehen hatten sich insgesamt über fünf Jahre hingezogen und ich war es leid, die Konzepte immer weiter zu modifizieren und zu banalisieren. Mein Mitstreiter in der Behörde, Günther Steinl, war inzwischen versetzt worden und so zog auch ich mich aus der aktiven Auseinandersetzung mit der Fernsehanstalt zurück.

Um Ihnen zu erklären, wie meine Konzepte in die Studie gelangten, muß ich etwas weiter ausholen. Es gab einen Künstler, der mich damals sehr interessiert und meine damalige Haltung stark geprägt hat. Ich war äußerst fasziniert von seinem Werk und seinem Wirken. Der Künstler, den ich meine, war Marcel Duchamp.

Seine Haltung zur Kunst, seine Einstellung zum Kunstbetrieb, die Verlagerung seines Schaffens in den Bereich der Symbolik, so habe ich seinen Schritt damals verstanden, und vor allem die sukzessive Entschlüsselung durch die von ihm initiierte Ausweitung des Kunst- und damit für mich auch Kritikbegriffs, waren für meine folgende Arbeit von entscheidender Bedeutung. Die Analogie der Readymades von Duchamp im künstlerischen Kontext zu den fiktiven Dokumentationen im Umfeld des Mediums Fernsehen, war mir in der Zeit ihrer Konzeption nicht bewußt. Diese äußerliche Parallelität fiel mir erst sehr viel später auf.

Wichtig für die Weiterführung des fiktionalen Gedankens, waren vor allem zwei Ansätze, die sich aus der Betrachtung seines Werks ergaben: Erstens, nicht die Provokation unreflektiert zum künstlerischen Gegenstand zu erheben und zweitens die Rezeption nicht aus historischen Gründen auf eine läppische Kritik am Medium zu reduzieren. Was ich damit sagen will ist folgendes: Mir schien, dass für Duchamp die Reflexion über die tatsächliche Wirkung eines Kunstwerks ein entscheidendes Kriterium war. Weder gab er sich, im Gegensatz zu einer seit den zwanziger Jahren weit verbreiteten Annahme, dass dies zum Wesen der Kunst gehöre, mit einem Werk zufrieden, das einzig den Mechanismus der Provokation zitierte, noch versuchte er modischen Strömungen der Kunstkritik zu entsprechen."

"Entschuldigen Sie, dass ich Sie hier noch einmal unterbreche. Das ist für mich ein wichtiger Punkt und ich muß an dieser Stelle noch einmal nachfragen, denn der Auslöser für Ihre Auseinandersetzung mit dem Medium Fernsehen war, soweit es mir bekannt ist, doch ein von Grund auf pädagogischer oder zumindest doch medienkritischer Standpunkt."

"Es hatte eine Entwicklung stattgefunden. Eine geistigen Entwicklung in Europa und vor allem für mich eine Klärung meiner Position. Es hatten sich eine Reihe von Ansätzen als fruchtbar erwiesen, der größere Teil aber erwies sich als historisch überholt.

Spätestens in den ausgehenden siebziger Jahre zeigte sich, dass künstlerische und kritische Inhalte gegenüber einem reinen intellektuellen und revolutionären Habitus zurückstecken mußten. Dies betraf vor allem jene Bereiche, die sich genau dieser Bildern annahmen, künstlerische Ansätze, die diese aufdeckten und untersuchten. Ich hatte das Gefühl, dass die alten Konzepte nichts mehr taugten, dass die Entwicklung den aufklärerischen Gedanken, ad absurdum geführt hatte. Die Kinder der Kulturindustrie bedienten sich der angelernten Mittel und erschufen durch die Wiederholung bekannter Phrasen und die Inszenierung mythischer Bilder das Abbild des Konfliktes, den sie intellektuell nicht lösen konnten.

Aber, um auf Ihre Frage zurückzukommen, wie es kam, dass die beiden Szenarien in die Studie der Schweizer Regierung aufgenommen wurden, will ich Ihnen die Anekdote erzählen.

Das Zentrum für Medienpädagogik in Zürich, an dessen Gründung ich 1972 beteiligt war, hatte auf ihrer Vorschlagsliste für das Symposium meinen Namen genannt. Es bedeutete natürlich eine ungeheure Genugtuung, auf dem Symposium des Schweizer Fernsehens, das mich fünf Jahre lang hingehalten und mein Konzept kurz vorher so rigoros abgelehnt hatte, als Experte eingeladen zu sein. Welche Ironie des Schicksals! Ich hegte zwar keine direkten Rachegedanken, aber ich wollte die Gunst der Stunde nutzen, um wenigstens einen kleinen Spaß zu haben, auch wenn der Spaß in diesem Fall ein rein privater war.

Ich konfrontierte die Anwesenden mit den fiktiven Szenarien zweier fiktiver Dokumentationen. In meine medienpädagogischen Ausführungen legte ich einen besonderen Schwerpunnkt. Ich ließ nichts aus. Geschichte, gesellschaftliche Wirkung und Wirksamkeit genauso, wie ein möglicher Ausblick auf die Zukunft, eine marktstrategische Einschätzung und eine exakte Kostenkalkulation. Als ich mit meinem Vortrag geendet hatte, war man der einhelligen Ansicht, dass dieses Konzept die eindimensionale Programmgestaltung aufbrechen könnte, ja das Fernsehen sogar von seinem miefigen Image reinigen würde. Und das schönste war, das Schweizer Fernsehen saß da und machte lange Gesichter. Während sich im Saal eine regelrechte Euphorie verbreitete, alle im Saal laut diskutierten und sich die Bälle zuwarfen, war es auf dem Podium, wo die Herren Programmdirektoren Platz genommen hatten, still geworden. Man kam überein, meinen Vortrag mitsamt der vorgestellten Szenarien als Empfehlung an das Protokoll anzuhängen. Das Kuckucksei war gelegt. Da ich es in meinem Vortrag vermieden hatte, das tatsächliche Geschehen der Szenarien mit irgendeinem Wort in Frage zu stellen, war es nur eine Frage der Zeit, bis aus der Fiktion historische Wahrheit wurde."

7 Zwischenbericht

Ich war einem Kuckucksei in die Falle gegangen und war mit einem Mal aller Illusionen und Aussichten auf Fertigstellung meines Artikels beraubt. Ich hatte mich auf eine, vor über zwanzig Jahren ausgelegte, falsche Fährte begeben und war sozusagen ohne Richtung und Ziel im Niemandsland gestrandet. Die spektakulären Aufhänger meiner Untersuchung, es hatte sie nie gegeben. Schlimmer noch, sie waren bewußte Irreführung, ein Witz, eine kleine Rache an das Schweizer Fernsehen. "Wo das Reale endet, da fängt das Fiktive an," hatte er prophetisch gesagt. "Doch wo endet die Realität, die Wirklichkeit? Descartes einzige Gewissheit war sein Denken. Doch ist Descartes deswegen real? Für ihn war sein eigenes Denken über jeden Zweifel erhaben. Wer aber ist Descartes?"

Für Daniel Brünn war dieses Spiel Normalität. Mit kurzen Fragen und Umkehrungen vermochte er Vorurteile und Vorhaben zu unterwandern. Auf meine Frage, wie er inzwischen zu dem Thema staß, antwortete er gleichnishaft mit jener Überlegung über den französischen Philosophen.

"Stellen wir uns vor, Descartes wäre fiktiv. Die denkende Gewissheit der abendländischen Philosophie wäre eine Erfindung. Eine Figur, die niemals gelebt hat, ausgedacht von einem Schriftsteller.

Die erdachte Person eine komplexe Persönlichkeit mit einer ausgeklügelten, hieb- und stichfesten Biographie. Sie stellt sich Fragen, macht philosophische Entdeckungen und schreibt Bücher, alles umgeben von einer spannenden, historisch überprüfbaren Handlung. Was spielte das für eine Rolle? Spielte es überhaupt eine Rolle, – für die neuzeitliche Philosophie, – für uns?"

Diese Gedanken, ich spielte sie vor und zurück, in immer neuen Variationen. Mit wenigen Worten hatte er eine Lawine ausgelöst, Assoziationen, Möglichkeiten erschaffen, ein Weltbild skizziert.

Wenn man von unserer ersten Begegnung absah, von unserem Abendessen am See, hatte ich einen einzigen Tag mit Daniel Brünn verbracht. Acht, vielleicht zehn Stunden, in denen er mir seine Arbeitsstätte und ein wenig von der Umgebung gezeigt hatte. Nicht viel Zeit, wie mir scheint und doch genug, um alle meine Pläne umzuschmeißen, mich von der Unsinnigkeit meines Unterfangens zu überzeugen und mir des Anachronismus meines wissenschaftlichen und historischen Standpunktes bewußt zu werden.

Daniel Brünn faszinierte mich zunehmend. Nicht nur, weil er es geschafft hatte, mich innerhalb so kurzer Zeit in seine Welt zu locken. Ich spürte, dass er in seinen Betrachtungen und Fragen, die sich zwar spielerisch äußerten, einen sehr klaren, wenn auch speziellen Ansatz verfolgte. Jeder Gedanke schien eine neue Welt zu eröffnen, die gleichfalls einer Anzahl neuer Sichtweisen Tür und Tor öffneten. Ein arbiträres System, dass in seinen jeweiligen Spitzen mäanderartig verwoben war und auf seine besondere Art ein geschlossenes, sich ständig veränderndes Universum darstellte.

Hätte ich eine Chance gesehen, seine Gedanken zu ordnen und in ein geordnetes System zu bringen, ich hätte nichts lieber getan. Für einen kurzen Moment überlegte ich, ob ich das Thema meiner Arbeit ausweiten sollte. Ich hatte bereits Ansatzmöglichkeiten ersonnen, hatte einige Themenvorschläge formuliert. Nun musste ich aber einsehen, dass dies kein Thema für eine Fachzeitschrift war. Ich würde mich einem neuen Thema stellen müssen.

Am Morgen des nächsten Tages erreichte mich ein Anruf von Daniel Brünn in meiner Pension in Luzern. Ich zögerte, das Telefon zu beantworten. Ich rechnete mit einem Anruf aus Paris. Daniel Brünn am anderen Ende der Leitung bekundete sein Erstaunen. "Sie sind also doch noch nicht nach Paris gereist.

Ich rufe an, weil ich Sie zu einem Experiment einladen wollte. Eigentlich ist es ein Spiel, eine Art Gesellschaftsspiel. Es würde mich interessieren, was Sie darüber denken.

Wir treffen die übrigen Teilnehmer morgen abend. Ich würde Sie zum Mittagessen abholen und Ihnen alles weitere erklären. Was sagen Sie?"

"Sicher," sagte ich (eher unsicher).

Er bat mich, meine Videokamera mitzubringen.

"Ich freue mich darauf, auch wenn es noch etwas mysteriös klingt."

"Mysteriös?" Er lachte. "Entschuldigung. Das war nicht meine Absicht. Das Treffen hat absolut nichts mysteriöses an sich. Ich werde Ihnen morgen alles erklären. Also bis morgen. Um zwölf Uhr?"

"Ja, gerne um zwölf Uhr," sagte ich.

IV.
Wahrheit
oder ...?

1 Nur ein Spiel

"Unser Kreis besteht seit einigen Jahren," eröffnete mir Daniel Brünn am folgenden Tag, während unseres Mittagessens. "Ich überlege, wo ich am besten beginne.

Vor vielen Jahren hatte ich einen längeren Disput mit einer Kollegin über die Frage, woran man unterscheiden kann, ob die Lebensgeschichte eines Menschen, eines Schriftstellers zum Beispiel, wahr oder erfunden ist. Die Kollegin, es war Elsa Eckler von den Zürcher Nachrichten, war felsenfest davon überzeugt und ließ sich von ihrer Meinung nicht im geringsten abbringen, dass sie innerhalb von nur fünf Minuten herausfinden könne, ob die Biografie eines ihr wildfremden Menschen auf Tatsachen beruhte oder frei erfunden war. Sie ließ sich darauf ein, als ich ihr vorschlug, einen Test mit ihr zu machen.

Ich sagte, ich würde fünf Personen einladen, die ihr absolut fremd wären. Jede dieser Personen, einschließlich sie und ich würden ihre Lebensgeschichte oder einen Abschnitt daraus erzählen und die Zuhörer müssten, nach einem genau festgelegten System, ihren Tip abgeben, ob die jeweilige Person die Wahrheit gesagt hatte oder nicht. Ich hatte eine wage Vorstellung von einem Punktesystem, mit dem man die gegebenen Einschätzungen bewerten konnte. Damals ging ich davon aus, dass jeder der Teilnehmer am Ende der Runde das Rätsel ehrlich aufklären würde.

Wir trafen uns, in der gleichen Zusammensetzung, viele Male, denn keiner der Erzähler schien das Bedürfnis zu haben, sich kurz zu fassen. Manche der Anwesenden schienen ein unverhältnismäßiges Vergnügen zu empfinden, endlich die Möglichkeit zu haben, ihre Lebensgeschichte zu erzählen, sei sie nun ihre erlebte oder eine erfundene.

Nachdem jeder der Runde seine Geschichte erzählt hatte, ergab sich ein sehr interessantes Bild. Elsa hatte in der Tat ein gutes Gespür für den Wahrheitsgehalt der Geschichten. Es zeigte sich, dass sie von Natur aus ein misstrauischer Mensch war und dazu neigte, die Erzählungen im Zweifel als erfunden einzustufen und dass sie damit in den meisten Fällen richtig gelegen hatte. Sie hatte nur ein einziges Mal einen falschen Tipp abgegeben. Sie wollte der pessimistisch eintönigen Lebensgeschichte eines jungen Mannes aus Bern keinen Glauben schenken, der verschmitzt lächelnd, eine selbstzufriedene Schilderung seiner Kindheit und Jugend als Arztsohn und inzwischen selbst angesehenem Mediziner zum besten gegeben hatte.

Alle übrigen lagen bei drei und vier richtigen Tips. In der Mehrzahl der Fälle unterschieden sich die Tips der einzelnen Teilnehmer kaum. Entweder hatten beinahe alle auf richtig oder alle auf falsch getippt, egal ob dabei alle recht hatten, oder alle dem Erzähler auf den Leim gegangen waren. Nur in den wenigen kniffligen Fällen wichen die Listen drastisch voneinander ab. Dort schien es überhaupt kein System zu geben, nach dem sich die Trefferwahrscheinlichkeit richtete.

Das Punktesystem war so bemessen, dass es jedem, der richtig getippt hatte drei Punkte zusprach, aber auch jeder Erzähler, für jeden in die Irre geführten Zuhörer, jeweils einen Punkt erhielt. Elsa Eckler verblüffte in der Punktwertung in beiden Fällen. Sie war zudem die einzige, die für ihre ausgedachte Lebensgeschichte die volle Punktzahl erhielt. Niemand hatte damit gerechnet, dass ausgerechnet sie, die von vorneherein jeder erfundenen Geschichte die Möglichkeit einer Chance abgesprochen hatte, die mit Abstand überzeugendste Lügengeschichte von allen präsentieren würde. Die Auflösung war der spannendste Moment der ganzen Abende und das Ergebnis übertraf schließlich alle Erwartungen.

Aus diesem Experiment entwickelte sich später eine Art Gesellschaftsspiel. Die Teilnehmer hatten großen Gefallen an der Fragestellung gefunden und gemeinsam hatten wir überlegt, ob und wie man an diesem Punkt das Spiel weiterführen könnte. Günther Schatzler, ein alter Jugendfreund, dem ich von dem Experiment erzählt hatte, brachte mich auf die Idee. Er hatte sich erboten, seine Geschichte zum Besten zu geben. Wir änderten unsere Spielregeln dahingehend, dass wir von nun an jeweils eine fremde Person einluden, sie ihre Lebensgeschichte erzählen ließen und danach unsere Tips abgaben. Im Laufe der Zeit hat sich die Gruppenkonstellation zwar ständig gewandelt und nicht wenige der Erzähler wechselten, zu einem späteren Zeitpunkt, auf die Seite der Zuhörer, aber der Grundgedanke des Spiels ist bis heute der selbe geblieben. Es geht immer noch darum zu erraten, ob das Gegenüber die Wahrheit spricht oder nicht.

Was sich geändert hat, ist die Einstellung der Mitspieler. Das allgemeine Mißtrauen ist gewachsen und nicht selten bleibt die endgültige Erklärung für den einen oder anderen der Zuhörer unbefriedigend."

Die Bedienung servierte den Kaffee. Draußen hatte ein leichter Nieselregen eingesetzt. Um uns herum füllte sich das Restaurant. Daniel Brünn deutete auf den Himmel und sinnierte mit Blick auf die dunklen Wolken. "Der goldene Oktober scheint vorbei zu sein. Jetzt beginnt die dunkle Jahreszeit. Manchmal an solchen Tagen habe ich das Gefühl, es begänne ein dunkles Zeitalter. Wir haben viel angesammelt, viel Ballast, in den vorangegangenen. Wir glauben, wir wären gerüstet für die neue Zeit, die auf uns zukommt, aber in Wirklichkeit haben wir überhaupt keine Vorstellung von dem, was kommen wird.

Aber zurück zum heutigen Abend. Der Termin für den heutigen Abend steht schon lange fest, ich verliere nur manchmal jegliches Gefühl für die Zeit, sonst hätte ich Sie schon vorher gefragt. Ich denke, es wird für Sie hoch interessant und es wird die Themen, über die wir uns unterhalten haben, von einer anderen Seite beleuchten. Ich bin froh, dass Sie noch nicht abgefahren sind. Wie lange hatten Sie vor, in der Schweiz zu bleiben?"

Ich sagte ihm, dass ich noch keinen genauen Plan hätte, was ich als nächstes zu tun gedachte, und dass ich dementsprechend offen in meiner Zeitplanung wäre.

Im folgenden klärte er mich über die genauen Umstände des Abends auf. Einer der Teilnehmer hatte in der Nähe ein kleines Ferienhaus gemietet, und da es sozusagen Sitte war, dass immer ein anderes Mitglied sein Haus für die Treffen zur Verfügung stellte, hatte man sich dort verabredet. Der Gast war von Daniel Brünn ausgewählt und eingeladen worden. Wir würden ihn im Laufe des Nachmittags treffen. Daniel Brünn wollte mit ihm noch Einzelheiten durchgehen, bevor wir zusammen die ungefähr dreißig Kilometer zu dem gemieteten Haus fahren würden. Da der Gast für Daniel Brünn kein Unbekannter war, würde er sich bei der Stimmenabgabe enthalten müssen, obwohl er mir versicherte, dass er die Geschichte des Gastes, die er offensichtlich schon kannte, selber nicht einzuschätzen wußte.

2 Christian Saul

Christian Saul war ein äußerlich unscheinbarer, leicht untersetzter Mann, mit teilweise exzentrischen Marotten. Er war eine auf den ersten Blick faszinierende Person.

Daniel Brünn hatte ihn vom Bahnhof abgeholt, während ich

unseren Tisch im Restaurant bewachte.

Durchnäßt vom Regen, erschien mir Christian Saul zuerst recht mürrisch. Er zog seinen nassen Mantel aus und setzte sich schweigend an den Tisch. Aber der erste Eindruck täuschte.

Daniel Brünn stellte uns vor.

Ein kurzer, interessierter, musternder Blick und Christian Saul versank in einer schweigenden Starre. Wir bestellten Kaffee und Daniel Brünn erklärte die äußeren Gegebenheiten des Abends. Als er geendet hatte, begann ich zu verstehen, warum er diesen Mann ausgewählt hatte.

Ruhig und gewissenhaft begann Christian Saul den Aufbau seines Vortrags, die Dokumente, die er in Form von Videokassetten mitgebracht hatte, und die von ihm beabsichtigte Wirkung der einzelnen Etappen seiner Erzählung zu beschreiben. Er hatte, auf Daniel Brünns Wunsch hin, den Abend minuziös geplant. Er hatte vor, verschiedene Aspekte seiner Geschichte jeweils so zu gestalten, dass sie auf der einen Seite im Laufe der Geschichte immer unwahrscheinlicher klingen sollten, auf der anderen Seite wollte er sie, je unwahrscheinlicher sie klangen, durch Videodokumente bestätigen, um am Schluß die Zuhörer durch eine geschickt abgewogene Mischung von unwahrscheinlichen Phänomenen und belegten Dokumenten an jenen Punkt zu bringen, von dem er ausging, dass dieser das eigentliche Interesse von Daniel Brünn darstellte. Er wollte eine Schwebe zwischen den beiden Möglichkeiten herstellen. Sein Ziel war es, mit dem angeborenen Hang zur Gewissheit zu spielen und zu versuchen die Ungewissheit über die Gewissheit siegen zu lassen, bis es den Mitspielern unmöglich sein würde, sich eine klare Meinung zu bilden.

Ich verstand den Ansatz Christian Sauls und nahm an, dass er dem Vorhaben Daniel Brünns entsprach. Ich ging davon aus, dass es sein Ziel war, genau diese Gleichwertigkeit, diese Schwebe, von der Christian Saul gesprochen hatte, zu untersuchen.

Eins war unbestreitbar, Daniel Brünn verfolgte eine Strategie und rückblickend sehe ich ein, dass es kein Zufall war, dass er an diesem Abend Christian Saul in dem von ihm erwählten Kreise präsentierte. Alle Vorbereitungen waren getroffen, eine neue Phase in dem Spiel konnte beginnen. Die Löwen wurden aus dem Käfig gelassen.

3 Die Vorrunde

18 Uhr. Wir trafen ein.

Eine bunte Gesellschaft von Wahrheitssuchenden, so könnte man die Ansammlung von höchst unterschiedlichen Individuen an diesem regnerischen Oktoberabend beschreiben. Der Ort war perfekt gewählt. Ein großes Kaminfeuer prasselte an exponierter Stelle. Die behagliche Atmosphäre siegte gegen die Unwirtlichkeit des Wetters, die sich vor die Fenster verbannt sah. Christian Saul wurde vorgestellt und allgemein sehr freundlich aufgenommen. Mir kam in dieser Runde lediglich die Funktion des Beobachters, des Protokollanden zu. Man nahm es hin, dass ich da war, schien dem Umstand meiner Anwesenheit ansonsten keine weitere Wichtigkeit beizumessen. Meine Aufgabe war geklärt. Ich sollte dokumentieren, festhalten, in welchen Zustand sich die Gruppe führen ließ.

Der Umgang der Gruppenmitglieder wirkte familiär, die Form äußerst zwanglos. In der kleinen Küche des Ferienhauses stand eine deftige Suppe bereit, von der man sich ungefragt bediente. Den unterschiedlichen Trinkgewohnheiten der einzelnen Teilnehmer wurde durch ein großes Angebot an Getränken Rechnung getragen.

Nachdem man sich in der Küche bedient hatte, ließ man sich in möglichst adäquater Position nieder. Die älteren

Herrschaften belegten die bequemen Sitzgelegenheiten, eine füllige Frau mittleren Alters hegte Anspruch auf ein kleines Sofa und der Rest begnügte sich mit dem, was ihm genehm erschien. Wir waren insgesamt acht Zuhörer. Christian Saul wies den ihm angebotenen Sessel zurück und legte sich quer vor den brennenden Kamin. Nachdem auch ich meine Position eingenommen hatte und Daniel Brünn sich vergewissert hatte, dass die Kamera lief, gab er Christian Saul das Zeichen zu beginnen.

4 Die erste Runde

"Die Geschichte, die ich Ihnen erzähle, passt gut zu dem heutigen Tag," Christian Saul deutete mit einer Kopfbewegung in Richtung des Fensters, "und dieser dunklen Jahreszeit. Es ist eine finstere Geschichte. Die Geschichte meiner Kindheit."

Er machte eine kurze, bedeutungsvolle Pause.

"Meine Vergangenheit. Ich werde Ihnen von meiner Vergangenheit erzählen.

Man hat mich immer gefragt, was es mit Roberto auf sich hatte, heute fragt man mich, wer Roberto war. Aber die Frage ist nicht, wer Roberto war, sondern vielmehr, was Roberto war und ob Roberto nicht bei näherem hinsehen wenig mehr als ein bloßes Hirngespinst, ein Wunschtraum eines unendlich gelangweilten Jahrzehnts war. Aber ich will nichts vorwegnehmen.

Begreifen, das ist der eigentliche Traum. Begreifen, was und wer und vor allem, warum die Dinge so gekommen sind. Die Geschichte beginnt mit einem zwölfjährigen Jungen: Wir hatten das Jahr 1987, man nannte mich Chris …

Irgendwer hat zu mir gesagt, die Zeit ist ein dichter Nebel und die Erinnerung liegt irgendwo dahinter; wenn es noch eine andere Welt gibt, dann gibt es auch eine glückliche

Kindheit. In meiner Generation hatten einige den Kontakt zum Mutterschiff verloren. Wir waren zurückgeworfen auf uns selbst, wir sezierten unsere Welt, versuchten an etwas teilzuhaben, was uns nicht haben wollte."

Christian Saul berichtete in wohl einstudierten, lyrischen Sätzen von seinen Erfahrungen und Erlebnissen, seinen Erkenntnissen und alltäglichen Sorgen. Ein Ereignis, ein Datum wurde von ihm besonders hervorgehoben:

"Am 23. September 1987 um 6 Uhr morgens fand folgendes statt: Die Positionen der Sonne, der Erde, des Mars und die angenommene Position des fünften Planeten unseres Sonnensystems bildeten für die Dauer von wenigen Augenblicken eine gerade Linie. Ich wußte nicht, was ich erwartete. Ich hatte nur eine ungenaue Vorstellung davon, dass irgendetwas in diesem Moment passieren mußte."

Christian Saul berichtete im ersten Teil seiner Ausführungen von der bedrückenden Familiensituation, in der er aufwuchs. Lapalien führten zu regelmäßigen Sanktionen. Im Laufe der Zeit fand er einen Weg sich mithilfe eines Kopfhörerpaares hermetisch gegenüber der Außenwelt abzuschließen.

"Eine sehr angenehme Entdeckung. Die beste, die ich je gemacht habe.

Dann begann ich meine Idee zu verwirklichen. Systematisch erschuf ich eine Maschine, die eines Tages meinen Platz einnehmen würde. Nacht für Nacht verbrachte ich an meinem Schreibtisch und arbeitete wie ein Besessener."

Christian Saul entwickelte im Alter von zwölf Jahren einen kleinen, intelligenten Roboter. Fast ein Jahr arbeitete er an seiner Erfindung. Im September 1987 stellte er die Maschine fertig. Der Zwölfjährige hatte sich das Datum jener hypothetischen Planetenkonstellation zum Ziel gesetzt, um seine Arbeiten zu beenden. Pünktlich um sechs Uhr morgens, dem voraussichtlichen Moment des Himmelsphänomens, stellt der Roboter seinem Erbauer eine Frage und just in diesem Moment verschwindet der Junge spurlos.

"Von einem auf den anderen Moment war ich nicht mehr da und meine Eltern machten lange Gesichter. Meine Mutter wunderte sich und mein Vater spielte Schach."

Christian Saul musterte die betretenen Gesichter und genoss die Verwirrung, die seine Geschichte ausgelöst hatte.

"Wenn Sie nichts dagegen haben, werden wir die Geschichte nun von einer anderen Seite betrachten."

5 Die zweite Runde

"Ich habe ein Video mitgebracht." Christian Saul deutete mit einer Fernbedienung in Richtung des Fernsehers. Auf dem Bildschirm erscheint der Vater von Christian Saul.

Sprecher:

"… Am frühen Morgen des 23. September 1987 exakt in der Zeit, als die Positionen der vier Himmelskörper eine beinahe gerade Linie im Weltall bildeten, verschwand der zwölfjährige Junge auf höchst mysteriöse Art und Weise."

"Zuerst mein Vater im Interview 1992"

Otto Saul:

"Chris, … ich meine, Christian, … mein Sohn. … Chris war ein bemerkenswertes Kind. In unserer Familie gab es niemanden, der ihm das Wasser reichen konnte."

Im Jahre 1992, fast fünf Jahre nach seinem Verschwinden sendete das Zweite Deutsche Fernsehen einen Bericht mit dem Titel Geist oder Genie, das Phänomen Christian Saul. Diesem Bericht waren einige Interviews mit seinen Eltern entnommen.

Die Schilderungen fokussierten auf die Zeit nach seinem Verschwinden.

Inge Saul: "Die Situation, die es zu verstehen gab, war die: Chris war nicht mehr da, stattdessen war er jetzt in seinem Roboter. Er nannte sich Roberto. Seine Seele war in die Maschine gegangen. So etwas gibt es ja. Ich hatte dieses Gefühl seiner Anwesenheit, wenn ich in der Nähe des Roboters war."

Inge Saul entwickelte im Laufe des ersten Jahres seit dem Verschwinden ihres Sohnes die Vorstellung, dass Otto, ihr Mann, Christian erst in die Verwandlung zum Roboter getrieben hatte und anschließend den Roboter, als leiblich-technische Hülle ihres Sohnes, getötet habe.

"Sie war dieser fixen Idee verfallen, ich hätte dem Roboter etwas angetan, aber das war noch der harmlosere Teil ihrer Überzeugung. Im Frühjahr 89, anderthalb Jahre nach seinem Verschwinden spitzte sich die Situation zu. Es war an seinem Geburtstag ... "

In einem Anfall von Rache stach Inge Saul ihren Mann, während der von ihr inszenierten Geburtstagsfeier, mit einem Tranchiermesser nieder.

Die Berichte der Eltern endeten im Jahre 1992, fünf Jahre nach seinem Verschwinden, mit seiner unverhofften Rückkehr.

"Wo ich in diesen fünf Jahren war? ... Ich weiß es nicht. Ich war für einen kurzen Moment nicht da. Vielleicht eine Minute, vielleicht fünf. Als ich zurückkehrte war die Welt so wie vorher, ... mit einem Unterschied: Wir hatten das Jahr 1992, um mich herum waren fünf Jahre vergangen. Mir fehlte eine Phase meiner Pubertät. Meine Sexualität ist die eines Kindes. Auch das ist interessant. Meine Aufzeichnungen liegen mir wieder vor und ich arbeite weiter an meiner Theorie, jetzt allerdings auf anderer Ebene."

6 Die Wahrheitsfindung

"Ach es ist zu schade, dass wir jetzt ihre Gesichter nicht sehen können. Ich sehe sie noch vor mir."

Nachdem Christian Saul geendet hatte, herrschte ein zweites Mal an jenem Abend ein langes, unverständiges Schweigen. Ich hatte meine Kamera auf Daniel Brünn gerichtet, um seine Reaktionen festzuhalten. Die Mimik des alten Mannes zeigte ein Wechselspiel aus Vergnügen und beinahe Anteilnahme an der schwierigen Situation, in die Christian Saul seine Zuhörer gelockt hatte. "Keiner wollte dem anderen seine Unsicherheit eingestehen. Ein herrlicher Vortrag. Ich habe ihn übrigens das erste Mal am Rande eines wissenschaftlichen Symposiums gehört. Er erschien mir ideal für diese Runde; und ich habe mich nicht getäuscht."

Fast fünf Minuten lang sagte keiner der Anwesenden ein Wort. Die Kamera blieb eine Weile auf dem Gesicht von Daniel Brünn, dann erfasste sie nacheinander die starren Gesichter der nachdenklichen Runde.

Christian Saul verharrte mit gesenktem Blick.

Wie es in solchen Momenten üblich ist, wich die betretene Stille langsam einer allgemeinen Unruhe, die gleichfalls Ausdruck einer verzweifelten Ungewissheit jedes einzelnen Zuhörers war.

Einen Tag nach dem Treffen begutachteten Daniel Brünn und ich den aufgezeichneten Vortrag. Wir hatten das Band zwei Mal unkommentiert betrachtet. Am Ende der zweiten Vorführung machte er mich auf die für ihn interessanten Punkte aufmerksam.

"Ich glaube, niemand hatte am Ende des Vortrags eine klare Meinung. Da, sehen Sie!" Daniel Brünn begann die Reaktionen der Zuhörer anhand von kleinen Hinweisen, die ihre Blicke und ihre Gestik verlauten ließen, zu analysieren.

"Lassen Sie uns noch einmal zum Ende der ersten Etappe zurückspulen."

Wir hielten das Band an und suchten das Ende der ersten zusammenfassenden Erzählung. "Meine Mutter wunderte sich und mein Vater spielte Schach." Wie am Ende des zweiten Teils, herrschte auch nach diesen Sätzen Schweigen. Aber das Schweigen des ersten Teils hatte eine andere Färbung, eine andere Stimmung als die Stille am Ende.

"Es sieht so aus, als wären alle Zuhörer aus irgendeinem Grund betreten. Finden Sie nicht?"

Ich gab ihm recht. "Ja," sagte ich, "betreten, weil sie glauben, sie haben es mit einem Spinner zu tun. Man hat das Gefühl sie wissen nicht, wie sie mit der Situation umgehen sollen.

Die Reaktion war meines Erachtens eher die Frage, warum lässt Daniel Brünn diese offensichtlich erfundene Geschichte erzählen. Die Frage, was bezweckt er damit, eher, als die ernsthafte Auseinandersetzung mit dem Wahrheitsgehalt der Geschichte."

"Ja, genau. Sagen wir es mal so: Die Verwirrung bezog sich auf die schlecht gemachte Finte, nicht auf die eigentliche Fragestellung. So sehe ich es auch. Und dann kam der zweite Teil."

"Ich muß sagen," gab ich zu, "ich habe mich genauso gefühlt, wie die Teilnehmer. Ich war sehr erstaunt. Und als die Interviews begannen, dieser Fernsehbericht, war ich ehrlich gesagt froh, mich hinter der Kamera verstecken zu können."

"Ja, wenn es mir darum gegangen wäre, würde ich sagen, ist es nicht erstaunlich, was für eine Macht die Form der Darstellung immer noch auf uns ausübt. Wissen Sie, ich hatte eine gewisse Hoffnung, dass sie, zumal in dieser Runde das Thema Wahrheitsgehalt und -darstellung immer eine große Rolle gespielt hat, im Laufe der Zeit etwas von

46

ihrer Kraft eingebüßt hätte, dass wir im alltäglichen Umgang mit diesem Medium dazugelernt hätten, aber," er schüttelte den Kopf, "das Gegenteil ist der Fall.

Es ist die Form. Die Form ist weiterhin dafür verantwortlich, dass wir unser eigenes Denken umschiffen, unser Hirn abschalten."

"Aber das haben Sie doch gewußt, als sie das Experiment machten", warf ich ein.

Er stand auf. Ich folgte ihm mit meinen Blicken.

"Ja. Sie haben recht, ich habe es gewußt." Er stand sinnierend am Fenster und blickte hinaus. "In meinem Alter gibt es zwei Arten auf die Welt zu reagieren. Entweder man lehnt sich zurück und sagt, die Welt ist so und so und dank meiner Intelligenz und Lebenserfahrung weiß ich, dass sie sich entwickelt, wie sie es für richtig hält, egal, ob ich mir den Kopf darüber zerbreche oder nicht, - oder man fragt sich, was zeigt mir eigentlich meine Lebenserfahrung und mein Denken - und man lehnt sich dann zurück. Nein, das interessiert mich nicht. Resignation?

Haben Sie sich nicht gefragt, warum ich Sie einlud unser Spiel zu beobachten? Warum ich Sie bat, es auf Video aufzuzeichnen?

Irgendwann werden Sie über ihre Beobachtungen des gestrigen Abends schreiben. Oder jemand aus der Gruppe meiner Mitspieler wird irgendwann seine Memoiren veröffentlichen und von Christian Saul berichten. Ganz wertfrei oder vielleicht wird er auch in die Tiefe gehen."

Zum ersten Mal ließ er etwas von seiner Motivation durchschimmern.

"Vielleicht haben Sie Möglichkeiten das Videomaterial auszuwerten," fuhr er fort. "Sie könnten sich über Christian Sauls Forschungsansatz, seine Grundgedanken zur Hypothese und zur Simulation erkundigen. Langsam, denn auch Christian Sauls Forschungen gehen nur langsam voran, wird sich das Bild klären. Sie werden die alten Bänder wieder ausgraben und irgendwann zu einer Erkenntnis über das Gesehene gelangen. Oder ein anderer. Vielleicht liegt die Erkenntnis auch in der Sache an sich verborgen und wir sind heute noch nicht fähig die Anzeichen dafür zu erkennen. Ich würde mir wünschen, dass die heutigen Beobachtungen auf ihre Art überleben."[1]

---

[1] Unter Verwendung des o.g. Videomaterial entstand der Film *Roberto*. Informationen und Vorführtermine erfahren Sie im Internet unter www.werwarroberto.com

V.
Form

1 Mediale Formen

Authentisch, seriös und aktuell.

Das Nachrichtenformat, das, von den gedruckten Medien übernommen, im Medium Fernsehen seine zweite Blüte erfahren hat, ist das eingängigste Beispiel einer global akzeptierten medialen Form. Andere Formen sind Roman, Erzählung, Drama, Soap-Opera, Live-Berichterstattung, Hörspiel, Film, Werbung, Malerei, Musik, Comic und Predigt. Manche dieser Formen sind älter als die Geschichtsschreibung, andere hingegen stecken heute erst in den Kinderschuhen ihrer Entwicklung.

Rein qualitativ unterscheiden wir zwei mögliche Formen, bzw. deren Mischformen. Es sind die subjektiven Formen, die fiktionalen, bzw. die von Menschen erdachten, erfundenen oder hervorgebrachten und die objektiven Formen, die berichtenden, die sekundären, die faktenbezogenen und die überlieferten.

Seit Menschengedenken war die Übermittlung von Ereignissen oder geschichtlichen Zeugnissen immer der subjektiven Auslegung, der dichterischen Freiheit oder der interpretatorischen Färbung des Übermittelnden ausgesetzt. Erst die Einführung technischer Medien, wie Fotografie, Film und Fernsehen, schuf, wenn auch nur für eine kurze Zeit, die Illusion einer möglichen, objektiven Berichterstattung. Manipulationen an Ton und Bild, Filmschnitte, Inszenierungen und Kadrierungen schufen eine Medienrealität, die vorgab, ein Abbild der Wirklichkeit zu sein, und sich hinter dem

Janusgesicht der technischen Medien sehr gut zu verbergen wußte.

Die Mitglieder der Gruppe des vorangegangenen Abends hatten sich zu einem gemeinsamen Abendessen im Haus von Daniel Brünn eingefunden. Gustav Berlitz, Soziologe und Mieter des Ferienhauses, in dem das Spiel stattgefunden hatte, war von einem anderen Teilnehmer zu einer Einschätzung der allgemeinen Verwirrung, in der sich die Zuhörer befanden, gebeten worden.

Seine Gedanken waren der Auslöser, dass ich einen Kugelschreiber zur Hand nahm, um, das erste Mal seitdem ich in Luzern eingetroffen bin, Notizen über die Gespräche, die geführt worden sind, niederzuschreiben.

"Die Unterscheidung zwischen medialer Realität und Wirklichkeit lässt sich aber nur so lange aufrechterhalten, wie es einen Begriff der erlebten Wirklichkeit gibt."

Der Grund, warum ich plötzlich die Notwendigkeit sah, die Geschehnisse auf dem Papier festzuhalten, lag im Kern der Sache verborgen. In meinem Innersten verspürte ich ein Aufbegehren. Ein Aufbegehren gegen eine Sichtweise, die der meinen, der journalistischen, unvereinbar zuwider lief. Ich merkte, dass sich ein Zwiespalt zwischen meinem Einverständnis mit gewissen Erkenntnissen und meinem beruflichen Ethos, der Maxime der Objektivität, öffnete. Auf der einen Seite sagte mir mein logischer Verstand, dass die Ansichten und Einsichten, so wie sie mir von Daniel Brünn vermittelt worden waren, durchaus ihre Richtigkeit besaßen, aber auf der anderen Seite war ich, auch in diesem Fall, in der Rolle desjenigen, der als Person gerade für diese Objektivität stand, deren Existenz in letzter Konsequenz in Frage gestellt werden sollte.

Um mir in diesem Punkt Klarheit zu verschaffen und mir mein Problem bewußtzumachen, hatte ich mir einen Tag Pause ausgeboten, wohlwissend, dass ich an einem einzigen

Tag höchstens die Spitze jenes Eisbergs berühren könnte.

Rückblickend versuche ich, eine Gewisse Systematik in die Themen zu bringen.

Gustav Berlitz' Blick auf die Gesellschaft gleicht einem Blick durch das Kaleidoskop der Massenmedien auf das fragmentierte Bild, das diese von unserem Leben herstellen. Er versucht in seinen Studien, sein subjektives Bild der Gesellschaft hinter dem Abbild, das uns täglich in den Medien vorgesetzt wird, zurückzustellen. Anders als seine Fachkollegen, versucht er nicht einen bestimmten Zustand der Gesellschaft zu erforschen, sondern ist einzig daran interessiert, eine Vorstellung der Facetten des medialen Gesellschaftsbildes zu entwerfen. Der Hauptschwerpunkt in seiner Auseinandersetzung liegt in der Betrachtung von zielgruppenorientierten Programmen wie Soap-Operas, Jugendfilm und dem erfolgreichen Hollywoodkino im allgemeinen. In seinen empirischen Studien mit Personen aus den verschiedenen Altersbereichen, in denen er das Rezeptionsverhalten und spezifische Meinungsdaten der Testpersonen abfragt, ist Gustav Berlitz bemüht, Rückschlüsse aus den gesammeltem Mediendaten im Vergleich mit den gewonnenen Meinungsdaten zu ziehen.

Gustav Berlitz' Sichtweise auf den Vortrag von Christian Saul am vorangegangenen Abend war stark von diesem spezifischen Ansatz geprägt. "Um seine Erzählung überhaupt bewerten zu können, müssten wir uns erst einmal der Autorität jenes Fernsehberichts entziehen können. Wie schwer uns das fällt, haben wir gestern abend gesehen. Es gleicht einem aussichtslosen Kampf gegen einen übermächtigen Gegner, sich einer Macht zu entziehen, die unsere Entwicklung so entscheidend geprägt hat. Uns geht es wie jedem Fernsehzuschauer oder Zeitungsleser. Wir haben dieses Format zum Richter erkoren, uns selber entmündigt. Das Nachrichtenformat verspricht Objektivität, ist Referenz und Gesetz zugleich. Je weniger wir unseren eigenen Sinnen glauben schenken, um so größer ist unser Vertrauen in die besagte Autorität und je kleiner die Rolle, die unsere eigene Wahrnehmung spielt."

Gustav Berlitz ging davon aus, dass unsere Lebenswirklichkeit inzwischen in so starkem Maße von der ständigen Anwesenheit der Massenmedien geprägt ist, dass wir einen reinen unverfälschten Begriff der Wirklichkeit nur als Gegensatz, nicht aber als Zustand ansehen können. Die Kompetenz, die früher der direkten Kommunikation und den sozialen Kontakten zugebilligt wurde, ist in vielen Bereichen auf die Massenmedien übergegangen. Meinungsbildung, Sozialisation und Unterhaltung, als drei wichtige Bereiche des gedanklichen Austauschs und der sozialen Integration, sind fast vollkommen vom Fernsehen und der Werbung absorbiert worden. Der mediale Mensch, im Gegensatz zum sozialen, akzeptiert die mediale Wirklichkeit, lebt als Empfänger von Informationen und Gefühlen, kurz dem, was die subjektive Erfahrung von Realität ausmacht. Der mediale Mensch erhält den Großteil seiner Erfahrungen aus zweiter Hand. Ganze Entwicklungsphasen in seiner Kindheit und Jugend wurden ihm von dem allwissenden Medium abgenommen. Im Grunde lebt er als schizophrene Person eine ganze Bandbreite von Persönlichkeiten, deren alltägliche, gleichzeitig die ihm entfremdetste ist. Lebensvorstellungen, Schönheitsideale und die gemeinhin intimsten Momente, Sexualität und Freundschaft sind ein Abklatsch vorgelebter, indoktrinierter Bilder.

Gustav Berlitz ging noch weiter.

"Ich bin überzeugt, dass eine medienhörige Gesellschaft wie die unsere, und wir stehen in diesem Sinne erst am Anfang einer unabsehbaren Entwicklung, in letzter Konsequenz, eine Gesellschaft von Meinungs- und Bewußtseinsklonen ist. Anders als Erfahrung und Entwicklung erhalten wir unseren Begriff von Wirklichkeit und Wahrheit nicht einmal aus zweiter Hand. Wirklichkeit hat eine ähnliche Anmutung wie Live. Eine Livesendung. Wahrheit hat als Gegensatz die Lüge und diese hält die Serienhandlung in gang."

Für Gustav Berlitz sind diese Kernfragen bereits beantwortet. Vom Standpunkt seiner Forschungen aus betrachtet, ist der Mensch entmündigt und seiner direkten Wahrnehmung beraubt. "Und dies im wahrsten Sinne des Wortes. Es gibt bereits Anzeichen, dass wir die Fähigkeit zum räumlichen Sehen verlieren, wir haben bei Kindern festgestellt, dass sich ihre Welt auf die zweidimensionale Projektion des Fernsehschirm beschränkt." Die prekären Punkte bilden für ihn der Verlust der Individualität in der Massen(medialen)gesellschaft und der Verlust der sozialen Wirklichkeit und somit des Begriffs der Wirklichkeit im allgemeinen. Soziale Wirklichkeit ist in seinem Sinn das gesellschaftliche Lebensprinzip des Menschen; als Soziologe geht Gustav Berlitz von den sozialen Bedürfnissen des Menschen in einer Massengesellschaft, insbesondere des kommunikativen Austauschs, als einem Grundbedürfnis aus. Kann dieses nicht ausreichend befriedigt werden, sucht sich der Mensch Ersatz. Gustav Berlitz ist in diesem Sinne kein Medienkritiker, da er von Bedürfnissen ausgeht, die von den Massenmedien befriedigt werden, nicht von den Medien als Auslöser, sondern als Folge.

"Zuerst einmal haben wir zwei Möglichkeiten, auf unser Problem zu reagieren. Entweder wir akzeptieren das Medium Nachrichten, ich nenne es jetzt mal so, als Wahrheitsinstanz, ganz im Sinne unserer Mediensozialisation, und akzeptieren dessen Aussagen unhinterfragt oder wir ziehen eine Lehre aus unseren Forschungen und Betrachtungen und hören vor allem auf unseren eigenen Verstand. Das würde bedeuten, wir sprechen diesem, wie dem Dialog oder

Diskurs, die alleinige Autorität über unsere Frage zu und dem Medium selbige apriori ab. Beide Wege lassen sich natürlich nicht umsetzen und vor allem nicht verallgemeinern. Wir sind jene Kinder, die nur noch Fernsehschirme und Fotografien klar sehen, in einer Lightversion zwar, aber doch deutlich spürbar. Der Mensch von heute fühlt sich erst dann in seiner Existenz wahrgenommen, wenn er mindestens einmal in seinem Leben im Fernsehen zu sehen war. Die Realität beginnt also dort, wo sie vom Medium bestätigt wird. Die Wahrheit, in unserem Fall, fängt dort an, wo sie in der Nachrichtensendung Erwähnung findet."

Gustav Berlitz geht davon aus, dass wir von unserer Entwicklungsstufe nicht auf eine von medialen Einflüssen unbelastete wechseln können. Der kultur- und gesellschaftsgeschichtliche Einfluss der Massenmedien ist, seiner Meinung nach, bereits zu groß. Wir müssen die Tatsache akzeptieren, dass ein einziger Nachrichtenbeitrag unsere Meinung von Grund auf verändern kann. Er räumte zwar ein, dass wir im Umgang mit den Medien eine gewisse Expertenschaft erlangen können, aber der Grundtenor seiner Überzeugung war klar: Wir brauchen uns nichts vorzumachen. Wir sind sozialisiert von einer und in eine Medienwelt. Das bedeutet, wir haben Schablonen im Kopf, auch Werte genannt, die uns das Überleben in dieser Welt ermöglichen und unseren Blick, unsere Urteilsfähigkeit geschult haben. Er behauptete, wir könnten ohne diese Schablonen heute in dieser Form nicht weiterbestehen. Nichtsdestotrotz versperren sie aber den ungehinderten Blick auf die Welt und das sei der Grund, warum er von einem kompletten Verlust von Wirklichkeit spricht.

An die Stelle der Wirklichkeit, deren Begriff durch Erfahrung geprägt ist, tritt eine mediale Realität, die ohne Erfahrungen auskommt. Die mediale Realität besteht aus einer Aneinanderreihung von Bildern. Erkenntnisse werden ersetzt durch Vorurteile.

"Also," schließt Gustav Berlitz, "kommt es gar nicht darauf an, ob wir denken, der Inhalt von dem oder jenem Bild ist richtig oder falsch, es kommt einzig und allein darauf an, welcher Form das Bild entspringt. Die Formate klären heute, was die Philosophie in Tausenden von Jahren nicht klären konnte. Hat man in der Vergangenheit seinen Sinnen nicht trauen können, so sind diese in unserem Zeitalter jeglicher Bewußtseinszwänge enthoben. Aber, um mich klar auszudrücken, es geht nicht um Wahrheit. Es geht nicht darum, ob ein Nachrichtenbeitrag wahr ist. Es geht darum, dass er einen Gegensatz zur Fiktion und zur Show darstellt. In der Abgrenzung zu diesen Formaten gewinnt das Nachrichtenformat an Authentizität und wertet das Fernsehprogramm, den Alltag, in diesem Maße auf. Wenn ich mich als Zuschauer in dieser Welt nicht mehr als teilhaftig erkenne, dann ersetzt die Form des Nachrichtenprogramms die Teilnahme an der Realität. – Formal, versteht sich, denn emotional werden die dargebotenen Inhalte nicht mehr verarbeitet. – Für die emotionale Anteilnahme gibt es den Familienersatz, die zielgruppenorientierten Lebens- und Sozialisationshilfen.

Gesamtgesellschaftlich gesehen birgt die Verdrängung des Echten, die Übermacht des Gemachten, des Künstlichen heute in letzter Konsequenz die Angst vor dem Verlust des Selbst, denn, wenn nichts mehr wirklich ist, dann ist es das Individuum am Ende möglicherweise auch nicht. Nach der Faszination für eine vermeintliche Freiheit, der Entlastung von den übermächtigen Sorgen des Alltags, durch ihre Verdrängung in das süße Reich der Nichtwahrhaftigkeit, folgt die Ernüchterung, das Gespenst der alles infragestellenden Ungewissheit taucht am Horizont auf.

Vornehmlich ist diese Angst in dem Rückzug und der verzweifelten Suche nach dem Ersatzbegriff für das Echte, der

Authentizität zu verspüren.

Wenn ich irgendwo eine Gefahr sehe, dann dort. Ich frage mich, was passiert, wenn der Mensch, durch diese Urängste gefügig gemacht, manipulierbar ist, wie ein Blatt im Wind? Ich sehe die Problematik in den Fängen der künstlich erzeugten, mythologisch begründeten, künstlichen Natürlichkeitserrettung, die heute allerorten als Alternative angeboten wird. Die Popmusik hat es vorgemacht. Die Begriffe Independent- und Alternative Music stehen für ein Genre, das genau diese Furcht vor der Künstlichkeit nutzt, vor allem hervorgerufen von der zielgruppenorientierten Mainstreammusik mit ihren industriell und marktstrategisch produzierten Songs, um eine neue Musikrichtung zu vermarkten, die auf diese Ängste reagiert. Sie erreicht durch gezielte Imagebildung eine Kompensation der – selbstproduzierten – Ängste. Was sich die Musikindustrie dort leistet ist Verarschung, ist Ausbeutung der Identifikationsbedürfnisse von Generationen Heranwachsender. Es ist eine gefährliche Gratwanderung, ein Spiel mit dem Feuer. Die direkte Reaktion ist der Rückzug in die Verzweiflung. Panik und Gewalt sind die Folgen. Pathetisch gesprochen, verkaufen wir unsere Seele an die Kulturindustrie – und der Musikindustrie schenken wir unsere Gefühle."

2 Wissenschaftliche Formen

"Ich teile Ihre Skepsis gegenüber den Medien. Auf der anderen Seite ist mir persönlich die Form der empirischen Wissenschaft, die sich des untersuchten Gegenstands nur auf der Basis von Mehrheitsanalysen nähern kann, von Grund auf suspekt." Christian Saul, der die Einladung Daniel Brünns mit Freude angenommen hatte, wie er mehrfach betonte, ergriff, nachdem der Soziologe geendet hatte, gleichfalls mit Freude das Wort. "Wir wissen wenig über die tatsächlichen

Auswirkungen dieser Medienflut. Hat sie die Fähigkeit, die Wirklichkeit zu verdrängen und eine epigonale Welt zu erschaffen, deren Wertmaßstäbe aus Vorurteilen besteht? Wir können nur mutmaßen, wie sich die Dinge entwickeln werden. Vielleicht werden sich die kommenden Generationen von dem medial bestimmten Leben ihrer Väter- und Müttergeneration abwenden und zu einer vollkommen anderen Lebensauffassung tendieren."

Für mich war diese Diskussion wie ein Stein, der in einen großen, ruhigen See geworfen wird. Der Stein durchschlägt die Wasseroberfläche in einem einzigen Punkt, die Wellen aber, die er auslöst, breiten sich in kurzer Zeit über die gesamte Oberfläche hinweg aus. Gustav Berlitz und Christian Saul sollten an diesem Abend nicht nur Zustimmung für ihre Thesen ernten, die Auswirkungen ihrer Sichtweisen würden bisweilen auf starken Widerstand stoßen.

"Ist es nicht so," sann Daniel Brünn, "dass die Wissenschaft an sich, gelinde gesagt, mit einem Paradox zu kämpfen hat. Es lässt sich leicht auf den Gegenstand von Gustav Berlitz ausweiten, betrifft aber einen viel umfassenderen Bereich. Deine These, Gustav, stammt, auch wenn sie sich als soziologische ausgibt, meiner Überzeugung nach, nicht aus der rationalen Gesellschaftsanalyse. Vielmehr vollzieht die Wissenschaft hier nur Themen nach, die in der Literatur seit Jahren und als grundsätzliche Frage seit Jahrtausenden bekannt sind: Die Familie als Thema in Fahrenheit 451 von Ray Bradbury oder Huxleys Visionen, Fragestellungen von Dostojewski, der Madame Bovary und Pandora, die Verkörperung des weiblichen Idealbildes vor mehr als zweitausend Jahren.

Du entschuldigst hoffentlich meine kleine Vereinnahmung." Er lächelte Gustav Berlitz aufmunternd zu. Dieser betrachtete die Ausführungen von Daniel Brünn mit verständlicher

Skepsis. "Mit der Wissenschaft hat es in meinen Augen eine besondere Bewandtnis," fuhr er Schriftsteller fort. "Wir befinden uns, zeitgeschichtlich gesehen, an einem Wendepunkt der Wissenschaften und deren Forschungsgegenstand. Auf der einen Seite erleben Biologie und Chemie und letztenendes auch die Mathematik und die Philosophie, zurzeit einen Wandel in ihrer Grundausrichtung."

Analytische und synthetisierende Forschung haben sich, laut Daniel Brünn, immer in Wellen entwickelt. Es hat immer eine Zeit der Analyse, der Beschreibung, der Erkenntnisforschung gegeben, auf die eine Zeit des Synthese, der Anwendung, der Erschaffung, getrieben vom Wunsch und Bedürfnis nach Schöpfung, gefolgt ist. Der Wissenschaftler folgt in dieser Periode, in der wir uns zur Zeit befinden, dem selben Antrieb, wie der Künstler. Im Unterschied zum Künstler aber, hat der Wissenschaftler eine Funktion zu bewahren, die in der Selbstbestätigung des Rationalen, dieser den modernen Menschen bezeichnenden Eigenschaft, liegt. Es ist also nicht verwunderlich, dass die Wissenschaft ihre fiktionalen Wurzeln, aus denen sie ihre eigentliche Motivation schöpft, verleugnet und zu verschleiern sucht. Es wäre für den gesellschaftlich verliehenen Auftrag der Wissenschaften nicht förderlich, sie auch nur annähernd auf die Stufe der Fiktion zu stellen. Sciencefiction ist das drohende Unwort für ein auf der Wahrheit beruhendes und nach Wahrheit und Erkenntnis strebendes Verfahren, insbesondere, als der tatsächliche Gegenstand von dem fiktiven Vorfahr nicht mehr zu unterscheiden ist.

"Was also ist der Nutzen der heutigen Wissenschaft und ihrer gesamten Forschung?" fragte er. "Eine neue Sicht auf die Wirklichkeit/ den Verlust der Wirklichkeit? Sicher nicht. Nein sie betreibt genau das, und das ist das paradoxe an seinem Ansatz, was Gustav Berlitz als These über die Unterhaltungsindustrie verlauten ließ: Er benutzt eine Form, ein

Format, ein Medium, man mag es bezeichnen, wie man will, um die Erkenntnisse und Gedanken der Literatur und des Films in eine neue, rationalere und objektivere Darstellungsebene zu heben. Ihnen die Weihen der Wissenschaft zu geben, in seinem Fall der Soziologie."

Unter den Zuhörern war Unruhe aufgekommen. Man muß sich vor Augen führen, wer diese Menschen waren, die sich hier zu diesem speziellen Abendessen getroffen hatten. Es waren zum größten Teil Akademiker, aber auch eine Buchhändlerin, sie war einst aus Bewunderung für Daniel Brünns Werke zu der Runde gestoßen, und ein Fotograf aus Köln. Zu den Akademikern gehörten ein Jurist aus Bern, eine pensionierte Ärztin, die in der Nähe ihren Altersruhestand verlebte, ferner der Soziologe Gustav Berlitz und der Wirtschaftswissenschaftler und ehemalige Bürgermeister von Luzern, Dieter Kämpen.

Man empfand Daniel Brünns offensichtliche Provokation gegenüber dem Soziologen als groben Fauxpas. Die Buchhändlerin sprach die allgemeine Meinung aus, "Daniel, Du gehst zu weit." Der Soziologe winkte ab, der Rechtsanwalt räusperte sich zustimmend und die Ärztin entschuldigte sich und verschwand. Nur Christian Saul verzog keine Miene, vielmehr schien er mit der Einschätzung des Schriftstellers durchaus übereinzustimmen. Er nippte an seinem Glas und beobachtete zufrieden die erhitzten Gesichter. Daniel Brünn gab mir ein Zeichen und wir begannen den ersten Gang, den wir am Nachmittag nach unserer Analyse des vorigen Abends bereitet hatten, zu servieren.

3 Fiktive Wissenschaft

Hypothetical Science Fiction, hypothetische Zukunftswissenschaft, nennt Christian Saul ein Verfahren, das sich im Grenzbereich zwischen den Wissenschaften und der Literatur seit Jahren etabliert. "Stanislav Lem hat seine wissenschaftlichen Szenarien und Hypothesen bewußt in ein fiktives Gewand gekleidet. Die klassische Science Fiction von Isaac Asimov, Athur C. Clark und, wenn man es genau nimmt, auch Douglas Adams stützt sich auf die Naturwissenschaft. Philip K. Dick, Aldous Huxley, Ray Bradbury, Heinlein und William Gibson haben in ihren Romanen Gesellschaftshypothesen entworfen, die in ihrer Form klare Fiktion darstellen, in ihrer visionären Präzision aber der Wissenschaft von heute den Weg in die Zukunft weisen."

Christian Sauls wissenschaftliches Interesse liegt im Übergang zwischen der naturwissenschaftlichen Beweisführung durch Versuche und der zeitgemäßen Beweisführung durch Simulationen und der Übereinstimmung von fiktionalen Hypothesen mit aktuellen Forschungsansätzen und -ergebnissen.

Ein von ihm gegründetes Forschungszentrum untersucht Phänomene deren Ursache, beziehungsweise Auslegung nur auf fiktionale wissenschaftliche Hypothesen zurückzuführen sind. Der Name, CSForschung, steht für das Christian Saul Forschungszentrum, CSF aber auch für Concrete Science Fiction, in etwa angewandte fiktionale Wissenschaft. Laut Christian Saul steht die Popularität des M.I.T. für die These, dass es in der Wissenschaft einen allgemeinen Trend hin zu populären Hypothesen und Sciencefiction gibt. Das Postulat, dass die Welt aus verschiedenen berechenbaren Einzeldisziplinen zusammengesetzt ist, dass Mensch, Sprache, Pflanzen- und Tierwelt spezifischen Algorithmen folgen, ist Grundlage der Kybernetik, die wiederum die Grundlage der künstlichen Intelligenz darstellt. Die heutige Naturwissenschaft setzt, so erklärte Christian Saul, den Großteil ihrer Ressourcen dafür ein, diesen Mythos, diese Hypothese zu belegen. Um ihre Souveränität nicht zu verlieren und des wissenschaftlich rationalen Weltbildes nicht verlustig zu gehen, errichtet die Wissenschaft zu ihrem Schutz eine künstliche Grenze zwischen ihren Vorbildern und ihren spezifischen Forschungsfeldern. Indem sie ihren Anspruch überhöht, Logik und Ratio zu ihren Verbündeten zählt, Mythos und Fiktion dagegen verfehmt, Hypothese gegen Dichtung setzt, im Sinne Newtons hypotheses non fingo, Hypothesen erdichte ich nicht, vereinnahmt die Wissenschaft die spekulativen Felder, die vormals der Sciencefiction vorbehalten waren.

"Heute steht sie dabei am Anfang ihrer Entwicklung. Der Roman *Träumen Androiden von elektrischen Schafen?* von Philip K. Dick, verfilmt als Bladerunner, hat das Dilemma der Wissenschaft vorweggenommen. Auf der einen Seite wirft er eine kritische Frage über die Entwicklung der Menschheit auf, auf der anderen Seite nährt er den Mythos des künstlichen Menschen, die Wissenschaft im Roman folgt nur irrationalen, nicht auf verwertbaren Nutzen ausgerichteten Beweggründen und die zeitgenössische Forschung folgt genau ihrem Beispiel. Motor ist das phantastische, das übermenschliche und übernatürliche. Motor sind die Mythen, die von Literatur und Film in den Köpfen der Menschen wachgehalten werden. Es entsteht eine neue Wissenschaft, ein neuer Wissenschaftsbegriff."

Christian Saul hatte abgewartet, bis sich die Wogen der allgemeinen Aufregung wieder geglättet hatten. Unsere gemischten Vorspeisen und der erste Gang, der aus frischen Schweizer Nudeln und würzigem Bergkäse bestand, hatte die Mägen und die Gemüter der Anwesenden wieder beruhigt. In die Ruhe der Pause zwischen den Vorspeisen und der Hauptspeise hatte Christian Saul von seinem Forschungsansatz berichtet. Sein Vortrag, den Erwartungen der Zuhörerschaft entsprechend, in wissenschaftlicher Diktion geführt und in neutralem Ton gehalten, verfehlte seine Wirkung nicht. Seiner Rede wurde allgemein wohlwollend aufgenommen. Ich sah Daniel Brünn an. Er zwinkerte mir unauffällig zu, lächelte und hob die Schultern.

"Herr Saul, das ist ja erschreckend," bemerkte die innerlich aufgewühlte Ärztin. "Mir war dieser direkte Zusammenhang gar nicht bewußt. Als Ärztin sah ich die Wissenschaft immer zweckgebunden, dem Wohle der Menschheit verschrieben. Nach Ihrer Ansicht ist sie ja nur noch an ihrer eigenen Rechtfertigung interessiert."

"Sie befindet sich auf einem verlorenen Posten. Was sie betreibt, ist eine Art Rückzugsgefecht. Sie steht an einer Entwicklungsstufe, wie die christliche Religion zu Beginn der Aufklärung. Die Neuzeit schreitet unaufhörlich voran, die Religion hat sich für einen affirmativen Weg entschieden, um Teile ihres Terrains zu verteidigen."

"Und die Wissenschaft," schloß die Ärztin, "befindet sich in genau der historischen Situation, wo sie zwar das Weltbild nicht mehr bestimmen kann, sich aber affirmativ die Gedanken und Erkenntnisse ihres Gegenspielers zu eigen macht."

"Sie vereinnahmt Gedanken und Erkenntnisse der Kunst, der Fiktion."

"Technologisch ist dieser Gedanke durchaus nachvollziehbar." Die Ärztin sann nach einer Erklärung ihres Gedankenganges. "Sie zieht sich aus der Verantwortung. Ewige Jugend, ewiges Leben, vielleicht ist es erstrebenswert, gefragt hat man uns nicht.

Ewiges Glück, der Mythos der Ewigkeit ist immer die Triebkraft der medizinischen Forschung gewesen."

"Woher diese Mythos rührt hat man sich nicht gefragt," Christian Saul kam der Ärztin zu Hilfe, "aber man hat den Kelch übernommen, der Religion ihre überzeugendste Verheißung gestohlen und hat an der Atmosphäre, die deren Bilder erschaffen, partizipiert, hat sich selber erhoben, nicht nur im gesellschaftlichen, sondern auch im metaphysischen Sinn. Im Rahmen einer Verantwortlichkeit gegenüber dem

Menschen, dem sich die Medizin verschrieben hat, ist dieser mythische Bezug natürlich verheerend. Wohin wird sich der geheilte Mensch entwickeln. Welche Gesellschaft soll für diesen Menschen errichtet werden? Eine Gesellschaft, in der er ewig leben kann, von allen irdischen Gebrechen enthoben? Wie ein Gläubiger, der Gleichnisse mit Wahrheit und Hoffnung mit Zukunft verwechselt, haben wir vielleicht unsere Aufgaben mit unserer Phantasie und unsere Möglichkeiten mit Allmacht verwechselt."

"Diese Fragen liegen auf der Hand," stimmte die Ärztin zu, "sie sind aktuell, aber vom jeweiligen Standpunkt aus, aus der jeweiligen Sichtweise heraus, sehr schwer zu fassen. Wie kann die Wissenschaft, die sich zu ihrer Verantwortung bekennt, dem Teufelskreis der Selbstbestätigung entkommen? Denn, als Mediziner gesprochen, kein Symptom ohne Ursache. Die Rückbesinnung auf Themen der Fiktion und Bilder der christlichen Mythologie haben in irgendetwas ihren Ursprung."

"Wenn wir von Fiktion und Wissenschaft reden, und dann die Verantwortung bei dem Einzelnen, dem einzelnen Wissenschaftler oder dem Mediziner suchen, möchte ich noch einmal an unser gestriges Erlebnis erinnern." Der Jurist aus Bern sprach mit belehrend, seriöser Mine. "Man hat uns gestern vor Augen geführt, wo wir in unserer Analyse der Außenwelt, des Anderen heute stehen. Wir sind naiv wie Kinder, könnte man sagen, was zum Beispiel unser Verhältnis zu den Medien angeht. Wir glauben, wir machen uns ein Bild von der Welt aufgrund unserer eigenen Überzeugung, aufgrund eigenen Erkenntnisse. Wir gehen davon aus, dass die Verantwortung gegenüber uns selbst und der restlischen Welt ein hohes und bewahrenswertes Gut ist. Der gestrige Tag hat uns nun gezeigt, dass unser Vertrauen auf unsere Wahrnehmung und unsere Erfahrungen nichts ist, verglichen mit unserer Hörigkeit gegenüber der Obrigkeit

Fernsehen. Das Problem, das uns alle verfolgt, ist folgendes: Wir haben unsere eigene Mündigkeit aus Bequemlichkeit aus der Hand gegeben. Wir haben Autoritäten an Stelle unserer eigenen Entscheidungs-fähigkeit gesetzt. Gesetze bestimmen die moralischen Vorgaben unserer Gesellschaft. Vaterfiguren, Richter entscheiden im Zweifel über deren Anwendung. Wir sind in der Tat nichts anderes als Kinder, denen das Recht auf freie Entscheidung und freie Meinungsbildung von vorneherein abgesprochen wurde. Auf Stammtischniveau haben wir zwar ein Mitspracherecht, Entscheidungsbefugt sind aber nur Experten, Autoritäten, die man uns, denn uns hat man auch dazu nie befragt, vorgesetzt hat. Ich spreche mich gar nicht gegen unsere Rechtssprechung aus, auch die staatlichen Organe haben, im großen und ganzen ihre Berechtigung, ich spreche nur von dem letzten Glied in der Kette: Dem Einzelnen als Klienten, als Kunden seiner eigenen Entscheidungsfindung, die in seinem Verantwortungsbereich nicht liegt. Selbst in der Politik, der Politiker als Entscheidungsträger ist nur ein Fähnchen im Wind, Funktionär seines Parteibuchs, ausführendes Organ, im wahrsten Sinne des Wortes, der Gesetze einer früheren Generation. In dieser Generation hat der Einzelne keine andere Möglichkeit, als sich zurückzulehnen, sich seinem externen Bewußtsein hinzugeben und sein aufkommendes Verantwortungsgefühl im Rausch zu ersäufen. Entschuldigt," er wandte sich an den kölner Fotografen und an mich, "vielleicht erscheint Ihnen meine Ausführung ein wenig exzentrisch. Sie müssen sich vorstellen, dass man in unserem Land heimlich und mit Vergnügen die Bundestagsdebatten aus Berlin verfolgt und sich insgeheim wünscht, dass es bei uns einmal zu einer solchen Auseinandersetzung kommen könnte, oder? Dabei, was ist denn das, was man Ihnen dort vorsetzt? Schaukampf. Nichts als inszenierte Politik zur Unterhaltung des Volkes. Selbstbestätigung der demokratisch gewählten Köpfe, vorgeführt von Quotenabgeordneten. Wir wissen das alles. Unterhaltend ist es trotzdem. Das externe Bewußtsein erfüllt seinen Zweck, wieder und wieder, Abend für Abend. Und wenn wir genug haben ... Aber wir haben ja nie wirklich genug, das ist das andere Interessante. Wir diskutieren und vor allem unser externes Bewußtsein diskutiert für uns das Thema der Medienkultur, die größten Kritiker sitzen in den Reihen der größten Unterhalter. Wir gähnen und wünschen uns inzwischen gute Nacht. Morgen ist ein neuer Tag, sagen wir uns und ... morgen ist alles sowieso, ... genauso wie heute. Zuerst haben wir unsere Selbstbestimmung bei den Institutionen abgegeben, dann hat eine Institution das entstandene Vakuum gefüllt. Perfekt. In zwei Tagen kommt ein Nachbar, dem man seine Ruhe stört zu mir in meine Kanzlei. Herr Richter werde ich sagen, diesem Herrn wird seine Ruhe gestört und der Richter wird sagen, sehen wir mal nach, was unser Gesetz dazu sagt. Diesen Vorgang sehen wir in allen Lebensbereichen. Aber ich glaube, er nimmt zu und deshalb ist die Frage nach der Verantwortung in der Tat essentiell und unbedingt neu zu formulieren. Polemisierend, im Sinne einer generellen offiziellen Entmündigung, denn inoffiziell hat sie ohnehin schon stattgefunden, oder besonnener, im Rahmen einer Sensibilisierung für den Verlust derselben. Das Rechtswesen ist ein zentraler Punkt, in dem diese Frage ernsthaft diskutiert werden muß. Aber, wie Sie richtig gesagt haben," er wandte sich an die Ärztin, "auch in den anderen gesellschaftlichen Disziplinen. In der Medizin und den übrigen Wissenschaften. Wobei ich ein großes Problem darin sehe, diejenigen zu finden, die diese Fragen überhaupt zu diskutieren im Stande sind. Nach der gestrigen Erfahrung würde ich mir nicht anmaßen, an irgendeiner Entscheidung mitzuwirken, geschweige denn sie zu fällen."

"Na, wir wollen ja mal nicht übertreiben," schaltete sich

der ehemalige Bürgermeister ein. "Ganz so schlimm steht es nun auch wieder nicht. Wir dürfen uns nicht von einer gut gemachten Finte ins Boxhorn jagen lassen. Daniel," er wandte sich an den Schriftsteller, "hat eine deutliche Reaktion erwartet und hat sie auch erhalten, aber wir sollten uns davon nun nicht gänzlich unserer Urteilsfähigkeit berauben lassen. Als Zeichen ist unser Problem von gestern zu verstehen, nicht aber als Unfähigkeit unsererseits."

"Ich würde mich hüten aus der Tatsache, dass wir uns wie naive Kinder benommen haben, ein Problem von gestern zu machen." Der Jurist blieb hartnäckig. "Die Reaktion hat doch vor allem eins gezeigt: Wir trauen uns selber nicht. Wenn morgen jemand kommt und beharrt, Du hast doch gestern dies und das gesagt, wären wir doch die ersten, die nach kürzester Zeit unsicher würden, auch wenn wir vorher fest davon überzeugt waren, dass wir weder das eine noch das andere mit irgendeinem Wort erwähnt haben. Hat derjenige als Beweis, sagen wir mal, eine Videokassette oder ein Tonband angefertigt, dann wären wir die letzten, die seine Aussagen weiterhin in Frage stellen würden. Nein. Am Ende würden wir eher an unserem eigenen Verstand zweifeln, als auf unserer Meinung beharren."

"Das ist doch Quatsch," entgegnete der Politiker barsch. "Worauf sollen wir uns denn berufen, wenn nicht auf unseren eigenen Verstand?"

"Das hat Descartes auch gefragt."

"Na, sehen Sie. Wenn Sie ihren Gedanken in letzter Konsequenz weiterführen, würden Sie alles, worauf unsere Überzeugungen – und ich rede von unseren Grundüberzeugungen – beruhen, in Frage stellen."

"Herr Kämpen, erlauben Sie mir den Einwand," die Ärztin begann zaghaft, "Sie stehen natürlich oder haben einmal als Person für die Politik des Staates gestanden. Sie waren Institution und Funktion in einem. Wenn Sie also heute im

Sinne dieser Institutionalisierung ihrer Person sprechen, so ist das im Grunde auch Symptom unserer Diskussion, unseres Themas."

"Wie bitte?" fragte der ehemalige Bürgermeister gereizt.

"Gut. Ich versuche es mal mit einer Frage. Glauben Sie, dass sich der Wähler, der Sie in Ihr Amt gewählt hat, differenzierte Vorstellungen von ihren tatsächlichen Aufgaben hatte, ihrem Wirkungsbereich, jenseits repräsentativer, medienwirksamer Thematiken, versteht sich?"

Sie blickte den Politiker erwartungsvoll an.

"Wenn nicht, also wenn Sie nicht davon ausgegangen sind, haben Sie dies je geäußert?"

"Nein, aber darauf kommt es hier nicht an. Der Politiker und unser Rechts- und Staatssystem sind, wie sie schon sagten, Institutionen. Geschaffen, um dem Bürger die größtmögliche Freiheit bei geringster Einschränkung der selben zu ermöglichen. Ich habe unsere Arbeit immer als Expertentätigkeit angesehen. Das Wort fiel heute abend auch bereits in diesem Zusammenhang..."

"Experte, Politiker, auf jeden Fall sind Sie ein Mensch, der sich seiner institutionellen, moralisch-gesellschaftlichen Stellung und Bedeutung immerzu bewußt ist. Ich will Sie gar nicht angreifen..."

"Nein, nein," wehrte dieser ab.

"Ich will es mal so sagen. Als Ärztin, die ich war, ergab sich für mich sowohl eine Weltanschauung, als auch eine besondere Verantwortung durch meinen Beruf und durch das Bild, dass mit ihm allgemein verbunden wurde. Der souveräne Habitus der promovierten Ärztin, der weiße Kittel der Zunft und die absolute Autorität über einen wichtigen Teil des Patienten, seinen Körper bzw. seine Psyche. Mir scheint, fast alle, die wir hier sitzen, sind oder waren in derselben Situation. Jurist, Fotograf, Politiker und Journalist oder Ärztin. Wir haben eines gemein, die Autorität durch die Übernahme von Verantwortung aus den Händen eines anderen oder vieler. Die Welt aus dieser Position betrachtet, ist eine Summe von wechselseitigen Beziehungen, die durch die Vergabe und die Übernahme von Verantwortungen geprägt sind. Es ist ein Tauschgeschäft von Mündigkeit gegen Erwartungen. Und genau um diese Erwartungen geht es auch hier, bei uns, bei unserem Problem, meines Erachtens. Es sind bestimmte Vorstellungen, übernommene Vorstellungen, wenn Sie so wollen," sie sah Gustav Berlitz an und wandte sich dann wieder dem Politiker zu, "die uns einerseits nötige Autoritäten verschaffen, uns andererseits aber in die Abhängigkeit dieser Faktoren treiben. Wir selber beschwören die Bilder, die dem zugrunde liegen herbei. Unser soziales Kräftesystem ist auf diesen Bilden aufgebaut. Unsere Gesellschaft, wir, die wir die Nutznießer zu sein scheinen, sind, erlauben Sie den pathetischen Ausdruck, die Sklaven von Erwartungen und Vorstellungen. Gleichzeitig sind Menschen wie Sie und ich, schon aus Selbstschutz, die glühendsten Verfechter dieses Systems. Die tragischen Auswirkungen zeigen sich in anderen Fällen. In der Praxis werden sie auf Medizin und Psychologie abgewälzt. Der Verfall der Selbstverantwortung, die völlige Aufgabe der eigenen Mündigkeit und damit einhergehend der Verlust der Selbstachtung sind die erschreckenden Symptome. Was glauben Sie, wie viele meiner Patienten nur aus Gründen allgemeiner, psychischer oder sozialer Verunsicherung den Weg in meine Praxis genommen haben? Auf unsere Frage, wie es kommt, dass wir unserer eigenen Meinung nicht mehr trauen können, will ich mit einer These antworten: Wir haben unsere eigene Meinung und unsere Selbstverantwortung zugunsten einer Experten- und Autoritätsgläubigkeit aufgegeben. Daher kommt es, dass wir bei dem kleinsten Anzeichen von Autorität und Expertenschaft sofort in einen Zustand von Unsicherheit und Unmündigkeit verfallen."

"Autorität, Unsicherheit..." Der Jurist räkelte sich auf seinem Stuhl. "Das sind ja alles schöne Worte, vielversprechende Worte. Unsere Gesellschaft hat sich, das ist Tatsache, eine Expertenklasse gezüchtet. Unsere Demokratie – ich setze Demokratie hier in Anführungszeichen – hat sich dieses System zum Schutz angedeien lassen. Die Politik wird als Expertenrat wahrgenommen. Sie stellt ein Bindeglied zwischen Gesellschaft und Grundrechten dar. Politik, als Beispiel, hat einen Führungsanspruch in der Gesellschaft. Gesetze hegen einen Regelungsanspruch. Psychologisch gesehen mag es stimmen, dass wir uns zu stark von diesem System in unseren direkten Lebenszusammenhängen beeinflussen lassen. Streitigkeiten werden heute nur zu schnell vor die Gerichte gezerrt. Daraus aber eine pathologische Autoritätshörigkeit abzuleiten, halte ich für übertrieben. Die Regelmechanismen, die diesem System zugrundeliegen, sind für unsere Gesellschaft unumgänglich."

"Aber Sie müssen doch zugeben," beharrte die Ärztin, "dass wir uns gestern selber in diesen merkwürdigen, meinungsfreien Raum führen ließen..."

"In der Tatsache, gebe ich Ihnen recht. Ich sehe darin nur kein gravierendes, gesellschaftspolitisches Problem in dem Sinne, dass es uns an Autoritäten und Institutionen per se zweifeln lassen sollte. Es ist ein Phänomen, das ja. Ein Phänomen von vielen, das aus dem Zusammenleben von Menschen in unserer modernen Gesellschaft wahrscheinlich nicht wegzudenken ist. Dort, wo Phänomene wie dieses zum Problem werden, setzen Gesetze und Politik an. Dort nämlich bedarf es der Experten und der Wissenschaft, im direkten Austausch zwischen aktueller Problematik und speziellen Wissens- und Verantwortungsbereichen. Ich glaube fast, dass Sie hier Ursachen mit Symptomen verwechseln. In dem Sinne, als unser Problem, das Problem der Wahrheitsfindung auch im juristischen Sinn, Ursache für die Rechtsauffassung unserer Gesellschaft ist und nicht Symptom. Das Bewußtsein der Unmöglichkeit einer Wahrheitsfindung hat zur Bildung der Gesetze und zur Bildung der Demokratie an sich geführt. Gäbe es diese eine Wahrheit, läge sie sozusagen auf der Hand, dann bräuchten wir weder Demokratie noch Staat, keine Gesetze und keine Politik. Die Tatsache, dass es derer aber viele gibt, dass unsere Wahrheit nicht die unserer Nachbarn sein muß, sie deren Wahrheit sogar entgegenstehen kann, dass es in vielen Fällen überhaupt keine verbindliche Wahrheit geben kann, ist die Grundlage auf der wir uns heute geistesgeschichtlich bewegen."

"Als ich von Symptom sprach, meinte ich nicht ein allgemeines Problem der Wahrheitsfindung, sondern das konkrete Problem, dass wir uns von der Autorität des Fernsehens von unserer eigenen Wahrheit haben abbringen lassen."

"Ich habe Sie schon verstanden," antwortete der Jurist. "Ich wollte nur auf einen Eckpfeiler unserer Diskussion hinweisen. Eine Wahrheit hat es, außer im religiösen Kontext, nie gegeben. In dem anderen Punkt stehe ich auf dem Standpunkt, dass wir den Einfluss der Medien auf unsere Meinungsbildung wohl oder Übel akzeptieren müssen. Ja, wir sind manipulierbar, ja, wir sind autoritätsgläubig. Das hat unser Experiment gezeigt. Je klarer uns dieser Umstand ist, um so genauer müssen wir uns doch dem eigentlichen Phänomen widmen. Wir müssen die Macht, die das Medium bekommen hat, überwachen. Wir müssen sehen, dass mit dieser Macht kein Schindluder betrieben werden kann. Wir müssen Psychologen und Soziologen auf die Programme ansetzen, wir müssen uns genauer anschauen, welche Mechanismen, welche Techniken eigentlich im Spiel sind. Ein Problem ist die vermeindliche Überkompetenz des Einzelnen, in Bezug auf das Medium. Jeder scheint berufen zu sein, das Medium zu kritisieren, seine Macht zu deuten. Am stärksten das Medium selber. Wer aber hat das Medium wirklich durchleuchtet? Wer kennt die geheimen Regeln, nach denen Absprachen zwischen den einzelnen Verantwortlichen getätigt werden? Wer kauft wann, bei wem, wieviel Informationen? Gibt es Gesetze, die die Überwachung der Informationsmonopole regeln? Wer kommt in der Diskussion um die Beschränkung der Inhalte zu Wort? Sind es Spezialisten, die die Auswirkungen der Massenmedien auf die Psyche der Zuschauer akribisch untersuchen, oder sind es nicht vielmehr Populisten, und selbsternannte Hüter irgendwelcher, moralischer Vorstellungen, die die Einflusssphäre und die Tragweite einzelner Inhalte nicht mal ansatzweise durchschauen? Wir verlassen uns meines Erachtens viel zu sehr auf angenommene Selbstregelungsmechanismen, wie wir sie für den Hausgebrauch kennen. Im Bereich der Medien haben wir es mit wirtschaftlichen Schlachtfeldern zu tun, mit gesetzlosen Bereichen. Deren Hütern und Akteuren ist jedes Mittel recht, um Monopole und Dynastien zu gründen, die in Ihrer Ausdehnung und ihrer weltweiten Macht alles bisher dagewesene übertreffen. Das sind die Problemfelder, die sich ergeben. Das warum und wieso und die Reaktion aus den gewonnenen Ergebnissen. Jetzt frage ich mich, was macht die Politik?"

Er drehte sich demonstrativ um und blickte Dieter Kämpen herausfordernd an.

Der Politiker war überrumpelt und rang nach Worten. An seiner statt meldete sich Daniel Brünn zu Wort. "Wir hängen alle an der selben Nadel. Am selben Tropf," begann er. "Politik, Medien, Juristen und so weiter. Machen wir uns doch nichts vor. Heute sehen wir die Machtinteressen hier, morgen dort. Was bleibt, ist die Geschichte, die diese globalen und persönlichen Spiele nährt und zusammenhält. Es ist alles Teil einer allgegenwärtigen, alles umfassenden Erzählung. Erzählen wir die Geschichte der Macht, dann leben wir einen Teil eines großen Epos, erzählen wir eine andere Geschichte, vielleicht die Geschichte der Liebe oder der Familie, dann erzählen wir mehr oder weniger populäre Mythen. Die Suche nach der Wahrheit ist genauso alt, wie Die Jagd nach Anerkennung oder Das Geheimnis des verlorenen Kindes des gestrigen abends. Wenn wir nach Antworten suchen, dann sollten wir hier, direkt vor unserer eigenen Haustür beginnen." Er fasste sich an den Kopf. "Das Leben ist eine Geschichte, Recht und Staat sind Teile des übergreifenden Mythos. Wir gehen davon aus, dass uns Medien die Bilder bescheren, dass Medien mithilfe dieser Bilder Macht über unser Leben gewinnen. Wie könnten sie? Zwingt uns jemand in den Fernseher zu starren? Zwingt uns jemand Zeitungen und Romane zu lesen? Nicht, dass ich wüßte. Sozialisation schön und gut. Aber eigentlich reden und vor allem denken wir um den heißen Brei herum. Verantwortung, Autoritäten," er wandte sich an die Ärztin, "schön und gut. Irgendwo in dieser Ecke sind sicherlich Versäumnisse zu finden. Und wirtschaftliche Interessen," er nickte dem Juristen zu, "spielen überall eine Rolle. Was hat es mit der menschlichen Psyche auf sich und welche Rolle spielt in ihr die Bilderflut? Welche Auswirkungen auf die Gesellschaft lassen sich feststellen?" Sein Blick wanderte zu Gustav Berlitz. "Wir reden weiter um das Thema herum. Interessante Bereiche wurden angeschnitten. Es gibt viele Tätigkeits- und Gedankenfelder, wie mir scheint. Sie alle berühren ein Phantom, es sind Phantomschmerzen, die wir spüren. Es gibt dort etwas. Die Hand ist ab, aber sie schmerzt."

"Der Mythos ist tot," murmelte Chistian Saul, "es lebe der Mythos."

Stunden später, nachdem der letzte der Runde gegangen war, erhob sich Daniel Brünn aus seinem Sessel und ging in den angrenzenden Raum zu einem Bücherregal. Nach kurzem Suchen griff er ein Buch aus der Mitte des Regals heraus und reichte es mir herüber. Auf dem Schutzumschlag las ich den Titel Roberto. Ein Leben als Roboter. – Wahrheit oder Mythos. Der Autor war Christian Saul. Nicht ohne Verwunderung blätterte ich in dem Buch. "Ich leihe es Ihnen, wollen doch mal sehen, wie sie auf die Thesen unseres Metawissenschaftlers reagieren." Mir fielen vor Erschöpfung die Augen zu, es war beinahe zwei Uhr morgens und der schwere Schweizer Wein hatte seinen Teil zu meiner Müdigkeit beigetragen.

"Wir müssen noch ein Thema für Sie finden," sagte Daniel Brünn. "Wir können Sie doch nicht mit leeren Händen wieder in ihre Heimat entlassen." Er zwinkerte mir zu. "Ich habe zwar das Schreiben, ich meine das journalistische, an den Nagel gehängt, aber ich habe immer noch etwas von dem Blut in mir. – Wer weiß, vielleicht gibt eine Möglichkeit."

Mit dieser Anspielung beendeten wir unser Gespräch für den Abend.

4 Protokoll

All diese Gedanken und Gesprächsfetzen habe ich seitdem niedergeschrieben. Das Buch von Christian Saul liegt ungelesen auf dem Nachttisch neben dem Bett in meinem kleinen Zimmer. Nachdem ich in der letzten Nacht durch strömenden Regen zu meiner Pension gefahren bin, habe ich meine Zeit damit verbracht nachzudenken, mir die Gespräche der vergangenen Tage ins Gedächtnis zu rufen und fast ohne Unterbrechung zu schreiben. Seit zehn Stunden sitze ich am Schreibtisch, während der Regen gegen die Fensterscheiben prasselt und der Wind die Feuchtigkeit durch die undichten Rahmen treibt. In meinem Kopf hat sich vor allem eine Frage breitgemacht. Was mache ich hier? Alles, was ich in einer Nacht und einem Morgen niedergeschrieben habe, ist eine

Sammlung unvollständiger Gesprächsprotokolle und Gedanken. Von der ersten Begegnung mit Daniel Brünn bis zum heutigen Tag liegen nur wenige Tage, aber dennoch erscheinen mir die ersten Gespräche bereits sehr verschwommen. Ich habe verstärkt das Gefühl, dass ich in einer Zeitschleife oder in einem Zeitloch stecke, ähnlich dem der Erzählung von Christian Saul.

Christian Saul und der Roboter Roberto. Geschichten gibt es genug.

Mein Zeitloch und meine Sinnestäuschung. Ich schreibe diesen Umstand für heute meinem übernächtigten Zustand zu.

VI.
Fiktion

1 Das Rauschen

"Auch ich habe den gestrigen Tag damit verbracht zu schreiben."

Daniel Brünn zeigte mir den Beginn seines neuesten Werks. "Es befindet sich noch im Stadium der Konzeption aber die Thematik klärt sich bereits. Kommen Sie mal mit." Er führte mich auf den Balkon, der sein Haus umgibt, und horchte. "Hören Sie?" Er deutete mit einer Kopfbewegung in Richtung des Waldes.

Ich hörte nichts.

"Das Rauschen. Hören Sie nicht das Rauschen?" Erst jetzt nahm ich wahr, um was es ihm ging.

"Sehen Sie? Sie hören es nicht. Darauf wollte ich hinaus. Aber wenn ich Sie darauf aufmerksam mache, dann hören Sie es ganz deutlich." Er führte mich wieder zurück in sein Arbeitszimmer. "Sie kennen doch das Geräusch eines Modems. Das Rauschen, wenn Daten über eine Telefonleitung übermittelt werden." Er ging zu seinem Telefon.

"Dieses Rauschen." Er drückte auf einen Knopf seines Telefons und plötzlich hörte man das Rauschen, durch einen Lautsprecher verstärkt, im ganzen Raum. "Wenn ich es leiser mache, ist es von dem Rauschen, dem alltäglichen Rauschen, das für uns so selbstverständlich ist, nicht mehr zu unterscheiden." Er regelte die Lautstärke herunter. "Was wird von diesem Rauschen übertragen?" Er blickte mir neugierig in die Augen.

"Daten," antwortete ich lapidar.

"Daten!?" Er schien enttäuscht. "Bilder! Sprache, Musik. Im Moment, wollen Sie wissen, was das Rauschen im Moment überträgt? – Ein Bild der Marsoberfläche, das so groß ist, dass sie hier," er deutete aus dem Fenster, "vielleicht den ganzen See damit bedecken könnten."

"Theoretisch...", warf ich ein.

"Ja, theoretisch, virtuell. Wenn wir es uns später anschauen, wird es hier ausgebreitet liegen und wir blicken durch unser kleines Loch, durch unser Fenster," er deutete auf den Bildschirm seines kleinen tragbaren Computers, "auf die ausgebreitete, virtuelle Marsoberfläche. Und wenn wir jeweils auch nur einen so kleinen Ausschnitt der virtuellen Abbildung sehen," er legte seine Hand bedächtig auf den Bildschirm, "so ist doch der restliche Teil der Marsoberfläche hier überall vorhanden." Ich folgte seinen Augen und ließ meinen Blick durch den Raum wandern. Die rötlichbraune Oberfläche des Planeten breitete sich, wie eine transparente Ebene auf Höhe der Tischplatte, durch das gesamte Arbeitszimmer hindurch aus.

"Ja," er hatte mich beobachtet. "hier ist nur ein Krater, aber dort sind kleine Anhöhen und im Hintergrund Berge." Ich sah den Krater und die kleinen Anhöhen. Die Vorstellung des virtuellen Marsbodens war in diesem Moment sehr konkret. "Wir können uns auch bewegen in diesem Bild." Er durchschritt die transparente Fläche. "Das ist die Vorstellung, die uns diese Daten suggerieren. Eine mystische, virtuelle Welt, die von dieser Maschine dort, von diesem Medium sichtbar gemacht wird. Wir können uns durch die Maschine in diese Scheinbilder versetzen lassen und diese Bilder als Projektion vor die Wirklichkeit schieben.

Und jetzt machen Sie sich mal den Überträger dieser Welt bewußt," er deutete mit dem Finger in die Luft und horchte wieder in den Raum hinein. "Rauschen, Hintergrundrauschen, weißes Rauschen ist der Übermittler der Daten. Überall, wo wir gehen und stehen umgibt uns das Rauschen. Überall könnten wir das Rauschen empfangen und mithilfe entsprechender Technik sichtbar machen."

Bis hier hin war ich Daniel Brünn mühelos gefolgt. Lediglich die Umsetzung des Hintergrundrauschens in bewegte Bilder oder auch in stehende Bilde entzog sich meiner Vorstellungskraft.

"Sie sind mit digitaler Technik nicht vertraut, habe ich recht?" fragte Daniel Brünn, dem mein Zögern nicht entgangen war. Ich gab es zu. Er breitete einen Stapel Papiere auf seinem Schreibtisch aus. "Dies, was Sie hier sehen sind die Vorbereitungen für die ungeheuerliche Entdeckung, die meinem neuen Roman zugrunde liegt." Er setzte seine Lesebrille auf und studierte einige Seiten seines Textes, dann sah er mich über die Brillengläser hinweg an.

"Sie nehmen ein Mikrofon und ein digitales Aufnahmegerät. Wenn Sie sicher sind, dass um Sie herum absolute Stille herrscht, beginnen Sie mit ihrer Aufnahme. Nach, sagen wir mal, einer Minute stellen Sie Ihr Mikrofon wieder ab und betrachten mithilfe eines Computers die Aufnahme, die Sie gemacht haben. Hier," er deutete auf eine Grafik vor ihm auf dem Schreibtisch, "so würde die Aufnahme ungefähr aussehen." Ich trat neben ihn und sah eine treppenförmige Kurve, die einer Skyline glich. "Jede Stufe steht für einen Wert. Aber das ist bekannt. Ein Geigenton oder Sprache, jeder Ton ergibt jeweils eine solche spezifische Kurve, beziehungsweise, weil wir es hier mit digitalen Daten zu tun haben, Treppe. Was würden diese Daten aber ergeben, wenn wir sie in einem einfachen Textprogramm betrachten?" Er machte eine erwartungsvolle Pause. "Das heißt, wir würden Sie nicht als Wellenform visualisieren, sondern die Daten an sich darstellen." Er rückte die nächsten Seiten in die Mitte des Tisches. Ich beugte mich über sie und betrachtete das Ergebnis. Es ergab folgenden Text:

ÇÄ~ÉxÄã}ÉÖ{ÇpjpduÇÅñêáè Åáw)yjyÅÇîêÄzmdqq ìçéåvww
pÜÜyà~léÅÖèuuzh~èãtô~ÄneÉ}Ñùââàçp{ÑvÜÅnÑ ~úêàèol{kÉ
ôäòèkyqgàÄxízwéyÇès} c}äÄüîwÉjbÉvÖûÇãêm ÅpìàmãlxõÖ-
Éîlm~cÇñ~ûñm meíÅlõz ëlÉêlÑÅdà~t§è}çbiâgÅõ{îã` u_ç}rïo-
pòvÄéc Ö]Çáy£âoåd`äoÖürãñiÖldöÖjìvxüs}ñ`sÖ_åêo°ènçf-
dúw{ùuàñbÖå`äÄdózloÇyì\sñcÉòpöãlèy]íxstlu¢rÉçYàè^çáo£l
hógdëhÇù`àôfézXöÄdôvw¢iuòZuç`íålòågïid¢oröiÜöláàSâ~dtw
ctsqïXw¢cÖîñå_ù)\ñpr®kz©nÜèUìõhüãj§xkoprthÖü\é°kõÉW
°Ñk¨~{™fv¢bátkùìXöèq©zm¨pu©oê™céìWîên≤Öa£wrßlÖ±g
Ñò]ôõhoàYõyr¥wyÆh~ù\ñÆlûé[üÇm¥~n£cv§aä™gëäNõèiØ
ÄdüdjßjÇ¶]ÑéMëïhß~Uõnï¨ol¶WvèPéò`ú}Jípe©pmüUlíSäöYé
zDås^om`îQfòYÜüWá}BéÅcßs\ôYdübÉ°UÄáLëèf®xSïgjßj~£T
uãRîóaü~Oìpi∞ontXqïVê°Zã{Lñ{d±zeóXo¢^á§]ÜÇMúèc°y`ûb
m±vÜ°WÖíPótm£{Yoyi™wÅ¶X}¶jôth£áRûç{¥vv∞eqûnù¶\ó
ôcûåv∑{cßxÄ™kî≤^ ãa§êd¨çfönzØi ©dÖòcõñbõ{[£zt±x{¢_}ô
^îúeúà_ü~k§nlûf~oféõ\äÇVñÑkowfõfnö^lô^ãî^òä_óu\ústß-
nyö]lèVäêcöàeùlgõkmûjÉ°gáí[ÜÄUë eûuiôfgéUoè]Üè[Ü{QÜjUé
mkòhsî^xáVÅäfõéiôwcëhoüuà°kâñeçãdïáqoÜ{ovtëczöuõùoìÖ-
bê{mû}züt únÇå]Åär¢ñyû{gèoz£Äí£qâêmìãlïÜw§ãÜßXçeÅö °
ttè~fè{uùÅ òuÇôrÑÜa Åsüílîpc duòlåìg~ÄfâÇlãxoï~~óqq}Xså
{öñrÑs`Éz{ò Äêp}çsÑ `zzsñã èmcucwêÅíêjxtfÑ{oát-qàxÄè-
suu\s~}öìlÄj_vnzëÇÜàly}oÉlmluvêÖÜèrkqbvâáôíwlnel{ çÅÅáw
~Öx}sgvw ïêáÖnhplÇîéñêyXuÜÉ äÉÖíãçê~zvn}ãíûîÜ{okuyÑçâ-
ãÖ{Ä l xt{}áïêãErlkp âíñå wvvz~ÉÖÖäääâÅ}vnryÉïóëâzpqpxÖä
èçÖÇ~xywtxyÇéçêålxqllÑãúôêç{t}v~àÉçìäéây tn} áõîëéxtun}á
Öñïâê vÇuwàÄèúéïêx~xmÖÖà°ïéìwvÄoläÄïòàîÇn{jkÑzÑï ãéhqy
doxÜoçvàzyÇX_Üäöñyêån sfÜÇíÆä}ç~êÜWqçé™ñlöÜvàh-
håÖ¢≤ÅÅáuèl[Üâ¶Ülîw{ÄUhÄzoûtàvd}^VÇ{åünpÅc wMqzx°à
qëqiyL[~uü¢mxn^ÅbPÉ àûouçhz}Qquo≠tvêqnàRZîç©™qäâ`É
~ g é y ~ µ ç z ë s ã å E e è Ü ¥ ° x ü z S } h n ò s ê °
xn}gñáBràl®Ü{©qVvTnäk®øsqf_ùrJçãâ§oÑ∞iiÅXl}c°jwÄ^aó
ZLõëòö\ÉôRklbÉbWπßtÄWqã2Múé™î\ó ;qutú\k¬çn aíè.aöå≤

78

åu∑t;ohà¢_ñŒ}og^¨Ç5Öòç©nä«fJvbêçXª'{uYc≠cJ©¢ùõZòπ
T~qùmSÃø{}Qv°9R≤¢≤êYÆö:lÄä∞\f°v{Zúò[gØû∂~n∆}Oksû
ØUè‹áqh\¥Ö-â¨ö©eÑ´c8ni§ïL≥÷xoP_±[7£oùèHò¡FGmr≠pJ
¡ssFx™8M∫®ØÇMπ©5Zué°]c ßroMôó&k∫o∞iaŒÖ,anoµLx
Œìucz∆Ç2r≠ØÇVô≈ J]ë´sHÑµëajú≠pJÉΩû`^õπÅln±ßi^î≤ÉQs
¨ü^Rî°Öla¶ØiCl≠éT[ï§hKÇ¨ÜKTü±i=pÆûWGá'{LgûìXSçßt@c
™£V>lµêlQñonOv¶ãSc¢®jG{ªûPLñ°áLd¶£iZâ©~Sw∞ü\Lëjè
JZoª~MxÆöfeô©v\åΠóWI¶ƒÉlm∑µqSÖØê`o°õe_ó≥ÅlcØ¥iD
wµ§^Uèß~]x¢ç[i§¨pHv∫™[Käπò\dõ§xgâ§Å[xÆ£cMâøôSSïµá
VköîlfãólR ©åMlå≤ @TñorQoîÑclèâal ã™ÇIYt¥vGet§pY{ñÄk-
ziÖ_hú™xLk¨ØoLv™ûpfÖï}rÜî{^s§tfKwÆü`Nz§íigÖâxuäåo]Ç
™î˙Sà≤ï]Zà§çmráÖx ëÜhfë™àX_ìÆâ[dètäpxÜÅ~äè}erõ¶{Uh
úß}[iéôÉrvllÄãàqclüöoVsüûu_rêóÖvtyÄãéÅkjä£íi^Å°óscuèñ-
áyrvÖêçxisítáhiÖûîuiwêöãwpxéòáqk õõÄinäõêwlwëüçqi}óó kn
à õ ë { m t á ó è u f s í £ à g g Ñ ü ñ t i x è ñ ä y q v Ö î ê v -
csò£É_dç£âig~êèÅxtsÇóër]t°¶yWköoÄdqäëâÉÄytÖùïn[Ø¶q
Vwß§wf{ììàÜâlqä§ñhWàπ£bRÑ≠õkeÖïá~àârgã™ë\XïΩóWVí
≤ècmêî lêäjfê¨àOWtæÇGYõ´zVrìápzíÇ]`ó˙t>\©¥k:c£úeRyêxdz
ìvMet§b8k∑¶T<y¨èVZäîmeãônHu¥ûQ<Ü√ñElë±ÄPmòâfußòQ
OìØ~OeötwiÖãlw~Äyv~Ñ yv{ÑÑ }zzz} ytx ~zy~Å{yzllxx }{ÄÄ
zzÄÇÄ ÑÜ ÅÑÉÉÉÇÜáÑÑÑÖÑ ÄÉÑÇÄÅáÉÅÄÅÇÇ~ ÑÉÅÄÅ-
ÉÅ}~ÉÇÅÄ ÜÑIÅÉÇ~}ÇÑÄ ÄÇÑ }ÅÑÉÄÄÑÜÉÇÑÑáÑÇàãáåÜâ
ãÜÇáÜàÜÉáâÑÉÑáóÖÇÇÜÜÑÇÉÜáÇÄÉÖÑÉÉàáÖÉÖáÖÉÑäää
ÖÖäâÉÉáóÖÑÉàÜÑÉÜáÑÅÅáÜÑÇÖàÜÇÇáàÑÉáóÖÑÉáÖÉÇÉà
ÖÅÅÖÜÉ ÅÑÖÄÅÇÑÇÄÅÖÇÄÄÅÑÇ}~ÉÅ~}}Å l} ~l{~Ä~{{}~lx
z~~{yz}{yz{}yy}}{zzl~zwz}}yxz}zxz{zxy{{xwwyzutvzyvtww-
vuvxwtvywvvuwytrwxxvuwzwyyyy-
xz}lzzl ~{{lÄ ll ~l~} ~{ Å}l}~ÅÄl~ ÅÄ~ Å ~~~ ~}ÅÅ~}}ÄÉ }~
ÇÅl~ ~Ä~ Ä~~ÇÅ Ä ÇÖÅÄÅÉÑÖÄÇÑÉÉÑÇÉÇÇÉÉÇÅÇÉÑÉÇ
ÇÖáÖÇÜÖááÖáàÜâãâàâãâãáàâãããäääàààâãààÖáäáÜÖÉá
áÉÇÑÇÉÑÅÇÇÄÇÉÅÄ~ ÇÅ ÄÅÉÇÄÄÅÉÉÇÉÉÑÖÑÑÑÇÜÜÖÉ
É É á á Ñ Ñ É Ö á Ö Ñ Ü Ö Ö Ü Ü Ö Ö Ñ Ö -
áÖÑÑÖàÜÉÉÉÖÜÉÑÖÉÑÉÑÉ~{ÄÇ}}ÅÉ~ Å~}}~zxvllvwz{zz~~
lx~Äzvtl{tuy}zx} ~w{ {vq{ wsx~lyz Åy{ Äzsz yuw ~{~ÇÉl}ÄÄys

z   ~   y   u   y   Ä   {   {   Ñ   É   z   -
zÄÄwpv{xot}}xyÉÖ{ÅÉyrw lvzÇÑÅÅâåÉÉÖàÇz ÜÇz ááÖÖéèÖ-
Öäâ~y}Ç wláÜÄÅãåÇ Öà~syÅ}tvÅÑ}}àãÉ}ÇÜ~ss}~tv~Ñ }ÖäÉ
{ Ñltulzts}Å{}ÜäÇ~ÇÖ}qr}{ru É~lÜçÇzÅÜ qpl}qnlÑlxÅåÜ{{Ü p
nwlto{ÖÇlÑçá~ ÖÇuqz wr ÖÉÄàíãÅÑåÖut ÇyuÑçÜÄåòéÇÇeã
x   -
tÄàzuÇéâÇçõîÜÇêã{tlÖ}uÄâáÅàëéÉ~àÜysy~yulÖá âíêáÇåà{u
zÑ}zÇçéáçóòãÜèåÉy}Ü z}åçÜãíóåÉàâ ot}zvvÜãÅÑåïà}ÑÜÄpsll
vsÖäÉÖåôåÄÇàÇmqz}uqÜäÇ âïÜllÜÄkowzpnÇáÉ~ãôäÄÄäÉm-
r   y   ~   u   r
Üãá~äïäÄlàÄlpwzomÄÖÇzâîá {É{kkoxmo ÑÇyàëÑ~xÑlimrx-
lo}ÉÖzäìâÇ{á~omrlqs áäÄãëéÖlÜ}qopyns{Éá}äçãÖlÇxolmvnt}
ÖàÅéèéÖ}â~tos{qv{ââÇéëîâ~á~xmp{vyzäéáçéñã ÑllnpwrxwÖ
äÖçéîâÅÉyzmpvtyzããàèèóâÑÑÄ}luxvyxååâçêúâÑÇ }iptuwuÜá-
äàäóáÉllyionttuÜÑãã çìÜà }wjrnruyáÑãâèïÖà~}xmqpwqxÜáéâ-
êîåä~ÄyoqnwtyÖáíåëïçé }wqojur{ÄÇéäëèääÄ~ronjto{ÄÜéäîê-
èäÄÅ wspnut}Ääêéîêëã ÇÄvunmss~ÄÜééîçêâÇÄssonpp}Åàä-
éñèçàÖÅrolpqp}ÅâãèóíèàáÅtunpqs ÅäãìòèèââÄqrqplq~ÅÑÖ-
ëôéâÜâ}lnqqjo ÜÜàîúíãâçÑspttmqÅàáàòüíååèÉrqvskrÉâÖáôù
ëãçëÇnpxreoÇãÉÖö°êÜãë jkwpbmÄàÅÅïùèÉãèÄmnvqemÄäÉ-
Üö°íàçêÅknxodmÅàÄÉñûçÑåèÄknwoc-jÄáÇÖó£îàåêÉmlupe-
jÄâÉÑìüêáäåÉmlrpddzÖÑÄçüìÜÉàÅgbil`^s ÉzÑòç yÉ g^en_X
o~ÑwÑöîÇwÑÅgZ`p`XmÇäwÇúôÖyãã s`g j^oãïlàoßèzèèv]dÅj\k
çîwÉû¶âvêêy\gÉk]héñzÖ¢Æåxêèz Wc ÅjYcéìv ô´ÜsäçlSb}hW\à
ëy}òØâvââ~S`zol]ãìÅ}î≥å{äîâ\iÄle`íõçÜû¿õáêõë`jÅÇicíùëÅôøòÑ
àúî'h~ág]êúñ~ò¡ûÜÜúìacyàgZåöïyî°öÅ{õê]^vâaXàöóvïΩüÇ{ùè
^[såaVÖúösëª£Ñwtïd[sídXÉüttî°©ÖutïfWmícWlúúoå±o~lôç
dNeã]Qnïóqã©ùx{í jc~Ä^fxÄtnÅåÜ âåÉ zz}utvzÉ~zÉäÖ{ ÇÑx
s ~yylÉÅÄÑÜÑÜÑÄÄ~l}{~ÑÅÑàáÜáÑÜÇlÇÅ... usw.
(Originalausschnitt aus einer WAV- Datei)

"Einige Sekunden Rauschen. Und hier die Daten eines kleinen Bildes."

Er gab mir eine andere Seite mit Daten, die von denen des

Rauschens nicht zu unterscheiden war. "Unsere virtuelle Marsoberfläche wird gerade jetzt von diesem Rauschen übertragen. Ich stelle mir vor, dass die Überlagerung der virtuellen Ebenen dem Rauschen entspringt und so, wie sich die Töne überlagern und aus verschiedenen Richtungen zu einer neuen Komplexität vereinen, sich zu dem Bild der Wirklichkeit verdichten, die wir vor uns sehen.

Heute kommen einige Computerspiele unserem Begriff von Realität bereits ziemlich nahe. Kinder können sich von dem Zauber magischer Welten gefangennehmen lassen, sie können durch ihr Fenster in eine andere Wirklichkeit blicken, an ihr teilhaben, in andere Identitäten schlüpfen und, mit ein wenig Phantasie, die triste Alltagswirklichkeit vollkommen ausblenden. Sie erinnern sich an die Schilderung von Christian Saul. Während Kinder auf diese Weise an der virtuellen Realität partizipieren, gehen wir davon aus, die Überschneidungsbereiche zwischen den Realitätsfeldern klar erkennen und beachten zu können."

"Gehen davon aus, können aber nicht?" warf ich in eine Pause ein. "Noch scheinen wir die Übergänge aber deutlich sehen zu können."

"Das ist teilweise wahr. Aber die – in Anführungszeichen – sichtbare Grenze spielt dabei nur eine untergeordnete Rolle. Ich stelle mir diese Übergangsbereiche als Fraktale vor, jene komplexe, geometrische Gebilde, die mit unserer Vorstellung einer Trennungslinie nicht das geringste zu tun haben."

Ich erinnerte mich an die Einschätzung von Gustav Berlitz und ahnte, worauf Daniel Brünn hinauswollte.

"In diesem Bereich spielen so viele Faktoren ihre gleichwertige Rolle, dass man mit einer einzigen Sichtweise dem Thema kaum gerecht werden kann.

Nehmen wir einmal die psychischen Aspekte und gehen wir dafür ruhig von dem Ansatz Gustav Berlitz' aus, das heißt, betrachten wir jeden lebenden Menschen, als von medialen Einflüssen, von Mythen und Geschichten beeinflussten und sozialisierten, ihm sind die Begriffe Wahrheit und Fiktion als Gegensatzpaar geläufig und er hat sich mindestens einen Teil seines Lebens von diesen Einflüssen lenken lassen. Dieser Mensch sieht die Welt also durch jene Brille, die Gustav Berlitz als Schablone bezeichnet hat. Seine Vorstellung von Wirklichkeit und seine Werte sind beeinflusst von Erfahrungen, die er nicht selber gemacht hat, sondern von übernommenen Schlussfolgerungen. Was sieht dieser Mensch?"

Daniel Brünn überlegte. "Wir sehen hier, aus unserer Vorstellungskraft heraus, die Verlängerung eines virtuellen Bildes, das bisher noch nicht einmal in Teilen sichtbar vorliegt. Wir sind uns, während wir uns darüber mit wenigen Worten verständigen, der Mechanismen der digitalen Welt intuitiv so bewußt, wie den physikalischen Gesetzen, wie der Schwerkraft, wie der Abhängigkeit zwischen Raum und Zeit etc. Erlernt haben wir diese programmierten virtuellen Gesetze in den letzten zehn, fünfzehn Jahren. Oder sogar in einem weit kürzeren Zeitraum. Die Gesetze der Fiktion aber haben wir seit Kindesbeinen erlernt. Die erste mündliche Überlieferung eines Geschehens in unserem Leben war, will man dem Mythos glauben schenken, ein Märchen der Gebrüder Grimm. Auf alle Fälle war es kein Bericht der Tagesschau. Märchen. Märchenbücher, Märchenplatten, später Märchenkassetten und Märchenvideos. Alles Fiktion, die einzig die Funktion erfüllt, einen jungen Menschen den Unterschied zwischen seiner eigenen Wahrnehmung und dem Wahrheitsgehalt der erzählten Geschichten zu verdeutlichen. Ein Kind, dem man ein Märchen erzählt, begreift für sich das Märchen erst einmal als Bericht eines realen Geschehens. In der nächsten Phase wird ihm klargemacht, dass es sich bei dem vormals als real empfundenen, um eine erfundene Geschichte handelt. Es lernt also einen neuen

Aspekt des Lebens kennen, den der Fiktion, des Ausgedachten, des nicht selbst erlebten, also nicht wahren.

Unsere Köpfe sind voll von alten Geschichten und mythischen Bildern, die uns in Form von Märchen in unserer frühesten Kindheit und in Form von Filmen in der folgenden Zeit erzählt wurden. Ähnlich verhält es sich mit den religiösen Geschichten, mit Erzählungen aus der Bibel, die den selben Realitätsgehalt wie die Märchen besitzen, die aber zudem noch den zweifelhaften Beigeschmack einer Wahrheit haben.

Jung hat diesen Aspekt einem kollektiven Unbewußten zugeschrieben, für ihn ist die menschliche Psyche ein Hort für allerhand übersinnliches und märchenhaftes. Die magische Erinnerungsfunktion, die der Psyche in diesem Gebiet eingeräumt wird, ist in Wirklichkeit nichts als eine kollektive Märchenerinnerung. Nachgeschmack frühkindlicher Bildwelten, erzeugt von schematisierten Erzählungen magischer Welten. Wir wissen aus der Psychologie und aus eigener Erfahrung, dass die Erlebnisse der frühen Kindheit und Jugend äußerst prägend für die menschliche Entwicklung sind. Die Schutzfunktion, die der Psyche des Menschen zugesprochen wird, ist abhängig von den miterlebten Bildern überlieferter Geschichten. Einst haben sie ihre Aufgabe sicherlich darin gehabt allzu monströse Erfahrungen des wirklichen Lebens zu relativieren. Sie haben Verhaltens- und Verarbei-tungsmuster geliefert, die bestimmten Härten entgegenwirken konnten. Im religiösen Umfeld haben Sie auf höheres, auf wahreres gewiesen. Ihr Auftrag war die Verstellung der menschlichen Wahrnehmung, aus Schutz vor der Realität.

Kurz: Die menschliche Phantasie und Einbildungskraft hat die Fähigkeit, die Überhand vor der Wahrnehmung zu gewinnen. Ein Mensch, der die Wahrnehmung der Außenwelt, aus welchen Gründen auch immer, nicht mehr erträgt oder ertragen will, hat in ihr den Bundesgenossen, der ihn im

Endeffekt vor schlimmeren bewahren kann. Ich denke, hier beginnt sich die Grenzlinie zu zerklüften, denn wo, an welchem Punkt gerät das Fass zum Überlaufen, wo ist die Grenze erreicht, an der die Psyche in die Phantasie flüchtet? Gibt es vielleicht analog zum oder anstatt des kollektiven Unbewußten eine kollektive Flucht in die Phantasie oder ihre Stellvertreter in die Fiktion oder virtuelle Realität?"

2 Das Ende der Realität

"Auf alle Fälle," erklärte Daniel Brünn, "können wir heute vom Ende der Realität sprechen." Er unterbrach seine Erklärung für einen Moment, um an dieser Stelle seine Aussage zu untermauern. Der Punkt, an dem wir heute entwicklungsgeschichtlich stehen, ist schwer einzugrenzen. Es geht nicht um die Infragestellung der Wirklichkeit, aber denken Sie einmal an die Idee dieser Erinnerungsspeicher im Bladerunner. Die Androiden, die eine künstliche Erinnerung an Kindheit und Jugend in ihren Köpfen tragen und so dem Menschen zu entsprechen glauben. Wer oder was sagt uns jeweils, ob wir unserer Erinnerung trauen können? Im Bladerunner wächst eine Frau angeblich an Bord eines Raumschiffs auf und hat alle Informationen über das Leben auf der Erde nur vom Band. Angeblich belegt diese Tatsache, dass es sich bei ihr um einen Menschen handelt, obwohl ihre emotionale Reaktion nicht von der einer Maschine zu unterscheiden ist. Es geht mir nicht um die philosophische Infragestellung der Wirklichkeit und der Wahrnehmung etc. Die Frage ist, was macht dieses spezifische Wissen mit uns und was macht die nicht gemachte, aber übernommene Erfahrung mit dem einzelnen und in der Fiktion mit einer Gesellschaft. Wie entwickelt sich die Geschichte, unsere Geschichte, die Geschichte meines Romans unter diesen Voraussetzungen. Aber dies ist nur ein Aspekt des Übergangsbereichs, von dem wir sprechen."

"Die Frage also, wie reagiert die menschliche Psyche, auf den vollkommenen Verlust der direkten, individuellen Erfahrung."

"Und: Darauf läuft es eigentlich hinaus, auf die Bewußtwerdung dieser Tatsache. Die Realität in Computerspielen und in der sogenannten Mediengesellschaft ist keine andere als die Phantasiewelt, die wir schon lange aus Romanen oder Dramen kennen.

Die Grenzbereiche, die Übergänge zwischen den einzelnen Welten werden für mich, wie gesagt, zu dem eigentlichen Interesse.

Der Bildschirm und die Tastatur, das Headset, die Spielkonsole des Computers bildet auf den ersten Blick die Schnittstelle zwischen dem Spieler bzw. Zuschauer und der Maschine, welche die virtuelle Realität generiert oder abspielt. Ich habe im Zuge der Vorbereitung für den neuen Roman diese Grenzbereiche näher untersucht und, jetzt kommen wir darauf zurück, bin auf die Theorie von Mandelbrot, die Geometrie der Fraktale gestoßen.

Sie kennen ja diese Gebilde. Zwei Zustände treffen aufeinander und bilden an ihren Übergangsbereichen Formen, die auf der einen Seite von unbeschreiblicher Schönheit sind, auf der anderen Seite aber unseren Hang zur Vereinfachung ad absurdum führen. Ausgehend von diesen Fraktalen gelangte ich zu der Ansicht, dass die virtuelle Realität nicht an der sichtbaren Schnittstelle Bildschirm/ Wirklichkeit o.ä. endet, sondern sich im Spieler quasi in einer fraktalen Form fortsetzt, dass die Arme der künstlichen Welt weit in die Psyche des Zuschauers hineinreichen und daher die Frage nach Realität überhaupt und einer Grenzziehung völlig neu gestellt werden muß. Im Grunde bedeutet es, dass die Dimensionen der Grenze im Menschen selber zu suchen sind."

"Also, für sich gesehen, eine ziemlich beängstigende

Vorstellung."

"Inwiefern beängstigend?"

"Dass wir den Unterschied außerhalb von uns gar nicht festmachen können."

"Ja. Aber ich spreche natürlich im Rahmen einer Zuspitzung, im Rahmen eines Szenarios in der Geschichte. Die Außenwelt bleibt bestehen. Die Außenwelt muß zum jetzigen Zeitpunkt intakt bleiben, denn die Einwirkungen auf den Menschen werden weiterhin von dort aus gesteuert. Die Medien sind heute die Stellvertreter für eine Entwicklung. In der Zuspitzung besitzen die Mechanismen ihre eigene Kraft und Notwendigkeit."

3 Die andere Seite der Künstlichkeit

"Gehen wir noch einmal auf das Rauschen zurück. Das wichtigste an einer subversiven Datenübermittlung ist, das Rauschen immer konstant zu halten, es nie abbrechen zu lassen, denn wenn es abrupt abbricht oder abrupt einsetzt, werden wir auf das Rauschen aufmerksam.

Zu einem späteren Zeitpunkt, wenn die Mechanismen ins Zentrum des allgemeinen Bewußtsein geraten sind, wird vielleicht gerade die Verletzung dieser Regel als Stimulanz empfunden werden."

"Die Unterbrechung des Rauschens?"

"Oder die Schwankung. Bis zur Mitte des letzten Jahrhunderts wäre eine Unterbrechung und dadurch Bewußtmachung als erster Schritt gegen die Übermacht des Rauschens empfunden worden. Im Sinne von Brecht. In der Folge der Postmoderne hat sich gezeigt, dass gerade diese Brüche die eigentliche Stimulans, den Kitzel darstellen. Diese Brüche zeigen die andere Seite der Künstlichkeit, lassen die Existenz einer Wirklichkeit, einer Realität hinter der Fiktion erahnen.

Worauf ich hinaus will, ist keine Verschwörungstheorie. Der Roman ist so etwas – oder beinhaltet so etwas wie ein Gedankenexperiment."

Wir betrachteten die Welt aus der Problematik eines noch nicht geschriebenen Romans.

4 Der zweite Test. Wir nehmen die Welt auseinander.

"Wir müssen an diesem Punkt klar unterscheiden: Wovon wir ausgehen ist zwar der aktuelle Zustand der Welt, jedoch bezieht er sich nur auf einen sehr kleinen Teil der gesamten Weltbevölkerung. Der größte Teil der Welt wird bis heute von den komplexen Sichtweisen mehrdeutiger Aussagen eher verängstigt, als stimuliert. Denken wir an religiöse und totalitäre Inhalte, wird sofort deutlich, welche Macht einseitige Wahrheiten und Ausrichtungen bis heute haben.

Wie aber reagiert der übrige Teil der Welt? Wie reagiert eine Gesellschaft, die mit Science Fiction, wie Brave New World von Aldous Huxley und den mannigfaltigen Nachfolgern und Auslegungen groß geworden ist.

Wie gestaltet sich der Alltag der von Philip K. Dick's Roman gebildeten Menschheit?

A merry little surge of electricity piped by automatic alarm from the mood organ beside his bed awakened Rick Deckard. Surprised — it always surprised him to find himself awake without prior notice — he rose from the bed, stood up in his multicolored pajamas, and stretched. Now, in her bed, his wife Iran opened her gray, unmerry eyes, blinked, then groaned and shut her eyes again.

"You set your Penfield too weak he said to her. "I'll reset it and you'll be awake and — "

"Keep your hand off my settings." Her voice held bitter sharpness. "I don't want to be awake."

He seated himself beside her, bent over her, and explained softly. "If you set the surge up high enough, you'll be glad you're awake; that's the whole point. At setting C it over-comes the threshold barring conscious-ness, as it does for me." Friendlily, because he felt well-disposed toward the world his setting had been at D — he patted her bare, pate shoulder.

(...)

He rose, strode to the console of his mood organ. "Instead of saving," he said, "so we could buy a real sheep, to replace that fake electric one upstairs. A mere electric animal, and me ear-ning all that I've worked my way up to through the years." At his console he hesitated between dialing for a thalamic suppressant (which would abolish his mood of rage) or a thalamic stimulant (which would make him irked enough to win the argument).

"If you dial," Iran said, eyes open and watching, "for greater venom, then I'll dial the same. I'll dial the maximum and you'll see a fight that makes every argument we've had up to now seem like nothing. Dial and see; just try me." She rose swiftly, loped to the console of her own mood organ, stood glaring at him, waiting.

He sighed, defeated by her threat. "I'll dial what's on my schedule for today." Ex-amining the schedule for January 3, 1992, he saw that a businesslike professional attitude was called for. "If I dial by schedule," he said warily, "will you agree to also?" He waited, canny enough not to commit himself until his wife had agreed to follow suit.

"My schedule for today lists a six-hour self-accusatory depression," Iran said.

"What? Why did you schedule that?" It defeated the whole purpose of the mood organ. "I didn't even know you could set it for that," he said gloomily.

"I was sitting here one afternoon," Iran said, "and naturally I had tamed on

Buster Friendly and His Friendly Friends and he was talking about a big news item he's about to break and then that awful commercial came on, the one I hate; you know, for Mountibank Lead Codpieces. And so for a minute I shut off the sound. And I heard the building, this building; I heard the — " She gestured.

(...)

He rose, strode to the console of his mood organ. "Instead of saving," he said, "so we could buy a real sheep, to replace that fake electric one upstairs. A mere electric animal, and me earning all that I've worked my way up to through the years." At his console he hesitated between dialing for a thalamic suppressant (which would abolish his mood of rage) or a thalamic stimulant (which would make him irked enough to win the argument).

"If you dial," Iran said, eyes open and watching, "for greater venom, then I'll dial the same. I'll dial the maximum and you'll see a fight that makes every argument we've had up to now seem like nothing. Dial and see; just try me." She rose swiftly, loped to the console of her own mood organ, stood glaring at him, waiting.

He sighed, defeated by her threat. "I'll dial what's on my schedule for today." Examining the schedule for

January 3, 1992, he saw that a businesslike professional attitude was called for. "If I dial by schedule," he said warily, "will you agree to also?" He waited, canny enough not to commit himself until his wife had agreed to follow suit.

"My schedule for today lists a six-hour self-accusatory depression," Iran said.

"What? Why did you schedule that?" It defeated the whole purpose of the mood organ. "I didn't even know you could set it for that," he said gloomily.

"I was sitting here one afternoon," Iran said, "and naturally I had tamed on Buster Friendly and His Friendly Friends and he was talking about a big news item he's about to break and then that awful commercial came on, the one I hate; you know, for Mountibank Lead Codpieces. And so for a minute I shut off the sound. And I heard the building, this building; I heard the — " She gestured.

Do Androids Dream of Electric Sheep? By Philip K. Dick

"Wie reagiert eine Gesellschaft, die sich dem Sog des Romans von Huxley erliegen sieht?"

"Für Sie ist der Huxley-Roman das entscheidende Vorbild für unsere Gesellschaft, was aber ist mit 1984?"

"Brave New World steht für eine Gesellschaftsentwicklung. 1984, nach 1945 erschienen, geschrieben 1948, war damals eine aktuelle Vision-real und unterstrich die offensichtlichen Entwicklungen einer offensiven, totalitären Macht. Die Entwicklung hat einen anderen Motivator. Big Brother ist in dem Kampf um die gesellschaftliche Wahrnehmung heute eher Befriedigung, als Gefahr.

Brave New World, als Beschreibung des angestrebten Idealzustands unserer Wirklichkeit, ist viel näher und dadurch viel bedrückender. Die Höchstform psychischer Behaglichkeit zu konsumieren, ist heute, wie in dem Roman das Bestreben der Gesellschaft. Bis in die achtziger Jahre hinein habe ich viele Details des Romans nur im übertragenen Sinn verstanden. Ich habe die Dreiklassengesellschaft aus Alpha-, Beta- und Gamma-Menschen mit der globalen, wirtschaftlichen Dreiklassengesellschaft zwischen erster und dritter Welt gleichgesetzt. Heute zeigt sich bereits eine wortwörtliche Entwicklung im Sinne des Romans.

Wie gehen wir mit diesem Wissen um, wo ist die Realität, wenn das, was von ihr übrigzubleiben scheint, in der Fiktion lange vorher existiert hat?

Die erste Reaktion ist Koketterie. Erst neulich habe ich einen interessanten Fall aus dem deutschen Unterhaltungsfilm der sechziger Jahre gesehen. Sehen Sie sich mal den Hexer von Edgar Wallace an! Sie werden erstaunt sein.

Die nächste Reaktion ist Assimilation. Die Postulation der Herrschaft der Künstlichkeit und darauf folgend, die Erschaffung von eigenen künstlichen Welten. Welten, an denen der Mensch nicht mehr als Zuschauer, sondern als Teilnehmer partizipiert.

Denkbar wären realistische Horrorszenarien als erste kommerzielle Gesamtsimulation, um die größtmögliche emotionale Wirkung zu erzielen."

"Und Cybersex."

"Ja richtig. Nach dem Verlust der Realität folgt ja auch der Verlust der Körperlichkeit.

Simulation also als logische Konsequenz. Und, da sie aus freiem Willen erzeugt wird, fungiert sie als Rettung vor der Vereinnahmung. Hinter all diesen Entwicklungen steht aber auch immer die drohende Gefahr des Bewußtseins. Gefahr auf zwei Ebenen:

Auf der anderen Seite der Faszination lauert die Leere und die Angst vor dem Schmerz."

Daniel Brünn bewegte sich langsam einem Kernpunkt entgegen.

"Eine Gesellschaft, die keine eigenen Erfahrungen mehr kennt, hat ein entscheidendes Defizit: Sie kennt keinen Schmerz mehr und hat die Fähigkeit verloren mit ihm umzugehen. Die Gesellschaft in meinem Roman verdeckt jede Form von Schmerz unter einer Decke der Seichtheit und schafft dafür Stellvertreteremotionen.

Gleichfalls ist es eine Gesellschaft ohne Arbeit, das heißt, eine Gesellschaft auf der Suche nach Stellvertreterbeschäftigungen. Wie der bürgerliche Roman des neunzehnten und zwanzigsten Jahrhunderts ersetzen die Medien reale Zustände durch ein mythisches, vormals der Aristokratie vorbehaltenes Welt- und Lebensbild. In der vom Zwang der geregelten Arbeit befreiten Gesellschaft braucht sich der Mythos nicht auf eine abgeschlossene Handlung, in einem klar definierten Handlungsrahmen zu beschränken, sondern kann sich in das restliche Leben hinein fortsetzen.

Die völlige Durchdringung der Realität durch die Fiktion und die damit verbundene Auslöschung der Wirklichkeit und Souveränität des Einzelnen, durch die Bewußtwerdung einer

Art medialer Vorbestimmung, wird nicht spurlos an der gesellschaftlichen Psyche vorbeigehen. Bewußtwerdung als Stimulanz auf der einen Seite und als psychotisches Gespenst auf der anderen. Die Leere wird immer hinter der schützenden Schicht, hinter dem gläsernen Überzug der medialen Realität lauern. Sie wird aufgefangen werden in einer virtuellen Errettung der Wirklichkeit, im Authentischen, im Fake."

Daniel Brünn hatte sich in eine regelrechte Wut hineingeredet.

"Von allen Seiten stürmt eine übermächtige Medienwirklichkeit auf den Menschen ein. Wir müssen einsehen, dass die Wirklichkeit selber nur noch ein Abklatsch der fiktiven Realität sein kann. Jede Handlung, jede Tatsache und jedes Geschehen ist ein Abbild der medialen Geschehen und Tatsachen."

5 Ausblick auf eine Realität

In diesem Moment gab der Computer auf dem Schreibtisch ein leises Signal von sich. Der Ladevorgang war beendet. Daniel Brünn öffnete die Datei und wenige Augenblicke später realisierte sich die Vorstellung, die wir bereits in unseren Köpfen durchgespielt hatten. Eine rötlichbraune Landschaft lag vor uns. Daniel Brünn brachte den Bildschirm seines Laptops in die Horizontale und wir bewegten uns mithilfe seiner Maus in der Landschaft umher. Die Größe der Marsoberfläche war gigantisch. Sie ging weit über die Begrenzung des Zimmers hinaus. Sie lag als Fläche ausgebreitet, während der kleine Bildschirm jeweils die Mitte des Bildes bildete. Das Bild, das ich vor meinen Augen sah, bedeckte mindestens den halben See, vielleicht eine Fläche von zehn Quadratkilometern, vielleicht mehr. Daniel Brünn ließ fast ehrfürchtig die Fläche durch die Landschaft wan-

94

dern. "Hätten Sie gedacht, dass sie solche Ausmaße haben würde," fragte er mich. Ich mußte verneinen. Mir verschlug diese Vorstellung die Sprache. Was aber sahen wir? Sicherlich war es ein Teil Vorstellung. Ein anderer Teil war aber ein reales Bild, wenn man den Bildausschnitt verschob, ließ sich ein zuvor verborgener Teil des Bildes betrachten. Die Fläche bewegte sich mit weichen, fließenden Bewegungen unter dem Bildschirm entlang.

"Der Mars," sagte Daniel Brünn. "Ein Teil seiner Oberfläche ist hier drin. Er ist real, er ist sichtbar und folgt absolut logischen Gesetzen. Wir haben es hier mit virtueller Realität zu tun. Unserer virtueller Realität."

"Aber, um noch mal auf den Roman zurückzukommen, mich interessiert doch, wie sich die Handlung des Romans weiterentwickelt."

"Die Handlung selber muß sich entwickeln. Ich weiß bis jetzt nicht, in welche Richtung und mit welchen Personen. Lediglich die äußeren Umstände klären sich zur langsam."

"Also vor allem die gesellschaftlichen."

"Es sind immer die sozialen Umstände, die eine Handlungsweise im Roman begründen. Wo sind wir stehen geblieben? Die Gesellschaft hat sich in einen virtuellen Raum bewegt, in dem es keine realen Werte und keine reale Produktion mehr gibt. Dem Kapital dieser Gesellschaft, welches an den Börsen gehandelt wird und welches das gesamtes Vermögen dieser Gesellschaft darstellt, liegen weniger als zehn Prozent realer Wert zugrunde, dass heißt erwirtschafteter, aus Produktion und Warenhandel gewonnener Wert,. Industrie und Arbeit wurden von dem Handel mit virtuellen Werten verdrängt.

In virtuelle Räume verdrängte gesellschaftliche Kommunikation, soziale Bestätigung und soziale Rollen könnten in steuerbaren, versagensfreien und durch einstellbare Grade und Level Persönlichkeitsstrukturen wieder aufleben. Es entstünde eine simulierte Freiheit, ohne Reglements und Einschrän-kungen realer Gesellschaften.

Bedürfnisse würden von der Simulation befriedigt, mit einer Erfolgsgarantie, welche die Realität nie bieten könnte. Dort greift die Geschichte an. Gefühle und Bedürfnisse sind der verbleibende menschliche Faktor, der immer auf eine Befriedigung hin ausgerichtet ist, aber Deutung und Zurichtung der Gefühle und Bedürfnisse sind zahlreicher Manipulationsmöglichkeiten ausgesetzt.

Die Angst vor realen Erfahrungen, vor Schmerz und Versagen, verhindert jedes Erkennen der Manipulation und so wird die virtuelle Freiheit zur einzigen Freiheit und die virtuelle Realität zur einzigen Realität. Kritische Stimmen, die von Außenseiterpositionen laut werden, geraten mit der allgemein vorherrschenden Meinung in Konflikt und werden mit äußerster Brutalität bekämpft. Aggressoren sind in diesem Fall nicht konspirative Kreise der Machteliten, Staat, Regierung oder Militär, die ihrerseits nur noch Scheinfunktionen ausführen, sondern die sogenannten einfachen Bürger, die sich in ihrer gewonnen Freiheit bedroht fühlen."

Daniel Brünn holte tief Luft und versank für einen Moment in tiefem Nachdenken. Ich überdachte die geschilderte Situation. Dann blickte ich auf unser Bild der Marsoberfläche, spielte in Gedanken versunken mit der Maus und ließ so unser Zimmer auf der virtuellen Ebene tanzen.

VII. Fake

1 Das Etwas hinter dem Schein der Künstlichkeit

Später beim Abendessen fragte ich Daniel Brünn, ob er sich vorstellen könne zurückzukehren, etwas anderes zu schreiben als Fiktion, zurückzukehren zu seinen Wurzeln als Journalist. Seine Antwort war kurz.

"Alles um uns herum, alles was wir sehen, was wir sind, ist Fiktion."

Ich trank einen Schluck Wein. Daniel Brünn bewegte sich tiefer und tiefer in seine hermetische Welt, in der es nur eine Wahrheit und nur eine Möglichkeit zu geben schien.

"Als ich nach Amerika kam, 1939, bei meiner Ankunft in New York, hatte ich ein sehr bezeichnendes Erlebnis." Ich atmete auf. Daniel Brünn lehnte sich sinnierend zurück.

"Ich hatte, einen großen Teil meiner Jugend im Kino verbracht. In meiner Vorstellung hatte sich ein verklärtes Bild von einem mythischen Ort, einer Ikone der modernen Welt gebildet. New York. Es war keine Fügung des Schicksals, die mich Trieb, sondern es war Folge eines lange gehegten Traums. Und es war ein erhebendes Gefühl, als diese Stadt am Tag meiner Ankunft in Sichtweite kam. Als die Freiheitsstatue im Blickfeld auftauchte, fühlte ich mich erlöst, so, wie endlich in der Wirklichkeit, jener verheißungsvollen Wirklichkeit, die ich aus dem Kino kannte. Immer wieder stolperte ich in der folgenden Zeit über Orte und Situationen, die denen im Kino ähnelten, ja, ich suchte förmlich nach Bestätigung der Bilder, die mich durch meine Kindheit hindurch begleitet hatten. Die Schweiz, in der ich aufgewachsen war, mit ihrer Provinzialität und ihrer Spießigkeit, ihrer Ordnung und Passivität lag hinter mir. New York war gigantisch, schon damals. New York war die Zukunft und meine imaginäre Vergangenheit, ich wurde nun Teil dieser Welt. – Dieser Pathos, diese aufgeladenen Erwartungen. –

In der folgenden Zeit verarbeitete ich die Erlebnisse und, ich muß zugeben, erst sehr viel später wurde mir überhaupt bewußt – oder gestand ich mir dieses Bewußtsein ein –, dass ich Bildern aus meiner Kindheit und Jugend nachgeeifert und nachgejagt hatte. Bildern jener Kinofilme und Romane. Was für mich einst klare Fiktion gewesen war, die ich sauber vom alltäglichen Leben trennen konnte, war nun zu meiner Realität geworden: Meine Realität glich dem Bild der Welt, wie ich es aus der Fiktion gewonnen hatte. Der Einfluss der Medien auf mein Denken, auf mein Handeln und meine Entscheidungen hatte mein Leben entscheidend geprägt. Was hatte man mit mir getan, begann ich mich zu fragen, wie, mit welcher Methode, falls es denn überhaupt eine gab, hatte man mich dieser visionären Gehirnwäsche unterzogen? – Und wofür? – Diese Frage blieb am Ende meiner Überlegungen im Raum stehen – 1939 war ich," er überlegte, "zwanzig Jahre alt." Er lächelte. "Heute weiß ich, dass man mich nicht vorsätzlich hinters Licht geführt hat und die Fragen, die ich mir stelle, sind andere.

Ich gehe heute nicht mehr davon aus, dass es etwas anderes gibt. Ich habe die Suche nach Schuldigen, nach der Wahrheit hinter der Fiktion aufgegeben. Sie kennen den Film Matrix? Erinnern Sie sich an die wirkliche Welt, die Welt hinter der Matrix? Warum brauchen wir immer diese Hoffnung nach Echtheit, nach Wahrheit. Dem Etwas, das wir hinter dem Schein, hinter der Künstlichkeit vermuten? – Warum? – Das wäre doch eine Frage, die wir uns stellen könnten. Aber stattdessen mäkeln wir lieber an der Existenz der

Oberflächen herum und halten uns damit ein letztes magisches Hintertürchen offen, eine letzte Hoffnung nach Erlösung, nach Paradies und Reinheit."

"Für einen Neuling in dieser Diskussion, wie mich, ist es doch schwierig diesen plötzlichen Wandel nachzuvollziehen," warf ich ein.

"Nein," er lachte, "von einem plötzlichen Wandel kann überhaupt keine Rede sein. Aber Sie haben recht," er wurde ernst, "hinter dem Gedanken, den ich gerade formuliert habe, und der so etwas wie ein Privatgedanke von mir ist, liegt eine langwierige und langatmige Entwicklung, die ich Ihnen in allen Einzelheiten ersparen will. – Privatgedanke insofern, als er jede Forderung nach Allgemeingültigkeit entbehrt. – Ich will versuchen, Ihnen die Eckpunkte meines Weges zu erläutern.

Zurück ins Jahr 1939 zur Welt der Bilder und der Macht der Bilder. Als Konsequenz aus meinen Erfahrungen habe ich zunächst eine direkte Lehre gezogen. Ich habe die Befreiung zum Staatsziel Nummer eins erklärt. Ich fühlte mich betrogen. Ich wollte gegen die Auswirkungen vorgehen und sagte mir, reflektiere, beobachte dich, beobachte die Medien und entwickle daraus deinen Schlachtplan. Das war übrigens auch der Grund, warum ich Amerika in den fünfziger Jahren wieder verließ, obwohl man mir zu dieser Zeit sogar eine Professur angeboten hatte.

Ich hatte eine regelrechte Anhängerschaft um mich gescharrt. Schriftsteller, Intellektuelle, Künstler und Musiker gehörten zu dem Kreis meiner Leserschaft. In den sechziger Jahren wurde ich viele Male in Amerika in die Universitäten eingeladen. 1966, 1967 machte ich eine Tournee durch die Vereinigten Staaten. Aber es reichte nicht, den Fernseher aus dem Fenster zu werfen. Die Bilder blieben, die Träume blieben, ich war ein Kind des Kinos, das Kino war, schon für meine Generation, die Wiege der aufgeklärten Welt. Also, neue Erkenntnis. Die Bilder bleiben, sie sind da, sind allgegenwärtig, waren vielleicht schon immer da? Sind diese Bilder vielleicht gleichbedeutend mit unserer Welt, sind diese Bilder vielleicht unsere Welt? Ist der Mythos vielleicht mit der Aufklärung nicht verschwunden, weil auch die Aufklärung Teil des Mythos ist? Und ist die Angst vor dieser Erkenntnis vielleicht der Motivator für die Erschaffung all der künstlichen Wahrheiten, der Hoffnung nach Wahrheit überhaupt?"

"Sie wollen also auf die Frage hinaus, bedeutet das Verschließen der Augen vor der Macht der Fiktion, wenn ich das so sagen darf, die Begründung von Scheinwahrheiten und den Ruf nach dem Fake."

"Die Macht der Fiktion, das ist ein guter Ausdruck. Wenn Sie mit Fake auf das Authentische hinauswollen, ja. Wie Sie sehen, hat sich hier," er deutete auf einen unbestimmten Ort innerhalb des Restaurants, "nicht viel geändert. Sie erinnern sich an unser Gespräch zu dem selben Thema?" Er beugte sich mit verschwörerische Miene über den Tisch zu mir herüber und sagte mit leiser Stimme: "Ich plane ein allumfassendes Ferien-Disneyland, dieses Restaurant und die Gäste sind meine Testkandidaten. Im Laufe der Zeit werde ich das Projekt auf die übrigen Bereiche des Lebens ausweiten. Es wird eine Disney-Schweiz, ich verspreche Ihnen, das wird ein Bombenerfolg." In normaler Lautstärke setzte er seine Erörterung fort. "Ich breite eine Schweiz über diesem Land aus, wie sie noch niemand gesehen hat. Wenn wir eine Marsoberfläche erstellen können, können wir erst recht eine Schweiz erschaffen, was liegt näher?" Er setzte wieder seine Verschwörermiene auf. "Wir sagen ihnen, das ist endlich die wahre Schweiz, 100 Prozent pure, makellose Schweiz, genauso, wie wir sie uns gewünscht haben. Alles ruhig, alles spießig, alles sauber, ein bischen Multikulti hier, ein bischen Neutralität da. Herrlich. Endlich eine Schweiz zum rundherum wohlfühlen. Keine Hintertüren, keine leeren Versprechungen, auch nix mit virtuell und simuliert, nein, alles handfest, echt, mit Gütesiegel. Wollen Sie noch einen Wein?" Er blikkte mich fragend an. "Käse? Schweizer Käse. – Sicher." Er gab der Bedienung ein Zeichen und lehnte sich entspannt zurück. "Ich liebe dieses Land. Wir wollen uns doch alle Wohlfühlen, brauchen soziale Wärme, – und streben nach irgendeinem Idealzustand. Entweder in uns oder außerhalb."

"Aber es macht, denke ich, einen großen Unterschied, ob die Befriedigung unserer Bedürfnisse nur einer künstlichen Happy-Welt, wie der eines Disneyland entspringt, oder ob unsere Bedürfnisse im täglichen Umgang mit wirklichen Menschen befriedigt werden."

"Wieso? Einen Unterschied für die Bedürfnisse?"

Ich dachte nach.

Er beugte sich wieder zu mir herüber. "Wann ist ein digitales Bild nicht mehr von seinem fotografischen Pendant zu unterscheiden? Dann wenn die Auflösung des digitalen Bildes so hoch ist, dass selbst das fotografische Korn eine Abbildung erfährt. Jetzt nehmen wir mal ein Tier, ein wildlebendes Tier. Wann merkt das Tier, dass es nicht in Freiheit, sondern in Gefangenschaft lebt? Dann wenn es auf einen Hinweis für seine Gefangenschaft stößt. Stellen wir uns einen Löwen oder Elefanten vor, der in einem sehr großen Käfig gehalten wird. Wenn wir wissen, wie groß der Bewegungsradius des Tieres ist und wir den Käfig so groß bemessen, dass es niemals die Ränder seines Käfigs erreicht, wird es nie erfahren unter welchen Umständen es wirklich lebt. Es kommt also jeweils auf die Dimensionen an. Theoretisch ist das Wissen über uns und unsere Umwelt im Bereich dieser Dimensionen begrenzt."

Langsam begann ich zu verstehen. Dies war kein Trip, es gab keine rote Wahrheitsdroge, die einem die Augen öffnen würde. Dies war zumindest für Daniel Brünn die bittere

Realität.

"Was sich uns zeigt, ist vielleicht die schmerzliche Erfahrung, dass es keinen Unterschied macht, ob wir davon aus gehen, dass diese Gedanken einer Wirklichkeit oder einer Fiktion entspringen. Unsere Gefühle sind echt, werden immer echt sein, lediglich die Stimulans entbehrt dieser Notwendigkeit. Vielleicht ist sie natürlichen Ursprungs oder künstlich erzeugt. Wir selber werden es nie wissen."

Ich starrte auf die Backsteinwand neben der Eingangstür.

2 White Noise. Silence.

Ich versuche, so nah wie möglich an den Gedanken Daniel Brünns zu bleiben. Seine Schilderung der Welt war die Welt so wie er sie sah. Der Zusammenhang, den er zwischen Fiktion und Realität bildete war Teil seines Bewußtseinsprozesses und Teil der Vorbereitung für sein neues Buch.

"White Noise. Silence." war, wie er mir verriet, der Arbeitstitel des Romans. Die Auseinandersetzung mit den Themen Wahrheit und Wahrnehmung dienten der Erforschung einer nichtphilosophischen Herangehensweise, einer Sondierung jenes Begriffsfeldes in Altagssprache und Allagswahrnehmung. "Zu diesem Zweck habe ich all die Jahre diesen Gesprächskreis am Leben erhalten. Ich wollte wissen, wie unvoreingenommene Menschen, gebildete Menschen im Alltag mit jener Begrifflichkeit umgehen. In der Theorie ist manches allzu durchsichtig und überschaubar. Der alltägliche Umgang wirft die Brüche auf und bringt Paradoxe und Probleme ans Tageslicht, die irgendwo jenseits von Philosophie und Psychologie liegen."

White noise. Silence. spielt in einer Idealschweiz, einer Welt ähnlich der, die Daniel Brünn um sein eigenes Leben errichtet hat. Die Künstlichkeit einer idealisierten, gemachten Realität liegt als Grundrauschen unter der epischen

Erzählung, deren Mittelpunkt eine familiäre Lebensgeschichte bildet. Unbeantwortet bleibt die Frage, ob die äußere Realität, die als subjektive Wahrnehmung der handelnden Personen in den Roman Einzug erhält, Ergebnis einer Form von Autosuggestion oder Folge einer technisch reproduzierten Simulation ist.

Wunsch-, Ideal- und Suggestivvorstellungen gehen mit einer von außen gelenkten, medialen Bewußtseinsstruktur einher und sind so eng miteinander verknüpft, dass eine direkte Unterscheidung unmöglich wird. White noise. Silence. faßt die Literatur des zwanzigsten Jahrhunderts zusammen und entwickelt eine Art Metakritik an den Entwicklungen und Visionen des einundzwanzigsten Jahrhunderts. Der Roman umfasst ein gesamtes Jahrhundert. Er beginnt mit der Zerstörung, dem Zerhacken und Zerteilen. Der Beginn des Jahrhunderts ist gleichzeitig Schlachtfeld und Vorbereitung. Er wagt eine kubistische Montage aus den mannigfaltigen Facetten einer zerstörten Ordnung. Dreh und Angelpunkt ist die großangelegte Familiensaga, vor derem Hintergrund zerschlägt Daniel Brünn die Welt, wie wir sie kennen und erkennt, dass hinter der Oberfläche das Chaos bereits mystifiziert und eingespannt in den großen magischen Weltentwurf, darauf wartet, in eine neue noch umfassendere, weil befreite Fiktion zu münden.

Wo bleibt in diesem Konglomerat, mag sich der geneigte Leser fragen, das Leben wie es ist? Wo bleiben die Probleme, die alltäglichen? Wo sehen wir uns selbst, als Leser, in einer geschlossen Fiktion? Wo stehe ich als Autor populärer Literatur? Sagte ich Literatur? Nicht Journalist? - Ja auch hinter der Figur eines Journalisten steht ein Autor. Die Frage nach Autorenschaft ist heute schwer zu klären und doch steht auch hinter dem soundsovielten Pseudonym irgendwo die Person, die mühsam Wort für Wort mit dem Stift, der Schreibmaschine oder dem Laptop aus dem Thema sublimiert.

Daniel Brünn der Schriftsteller als idealistische Person, Moralisch durch und durch, welchen Anteil hat er an unserer Geschichte? Daniel Brünn ist wahrhaftig eine Ausnahmeerscheinung. Zeitlebens hat er sich seinem Thema gewidmet, seine Bücher sind in hoher Auflage erschienen und doch hat er sich nie seinem Erfolg hingegeben. Ich fragte ihn, ob er daran denke, seine Arbeit abzuschließen und sich langsam zur Ruhe zu setzen, er lachte, "Ruhe, wissen Sie, was das bedeutet?" Wir verzeihen ihm seine exzentrischen Streiche, selbst wenn sie für die Philosophen unter uns gar ketzerisch erscheinen. Descartes eine Fiktion, die Philosophie des Abendlandes eine Fiktion und die Aufklärung, ja, was ist die Aufklärung? Fake, könnte eine unserer Antworten sein.

6,¨Bk%Ωd≤rr…,$≤s°ñwûè$∑ſDſEſſ"e‰OJ˙±+,Ë

r~Û÷ Å¢ô"7Fgqt∏õ:Ö‰öſwÑſRiÈœjl">úπ·]w2ΔÆ<æ÷¥ſÅÔèwiØ2…ô•InŸ∞LZ‹jl≠2mU.JÅ≥?¨hql+z^å'B V‡tH"vZ∞‹LÅ¨©å©X ¨Z4ÈS‗Kojl 6Œ{]ª(¢ſ™XO6î"•[J
UlofcLVjt$ï31©,)≥D6R≤Iſ⁂f≥ù..»3C÷Z'öíÉnéÙuÓX{¬rÅN62‹[So"Áſv{ÂÛRèÒ≥'jÓΔ≤¥,Ôrſö©#Jr›lœp4B≠mä∞∑,uÉÉ¨≈'"oÅ¨M"ÅBñÈ¥œª'+•hllzöZö'cjÅVñ¨ÖŸÅ¬ÏKúú/∞∞î
Øbl¢a£%ok'xml;r¨yûøåŸŎ3Q'‹≈vØYhzBGõgg®ÅÛ¨¨ΔlÅU±¨RçÅ‡®lÛù6öfiw&fŒwq7¬Δ'ÖOH°öÅu©cÅ¶lB ſ¥Ådˊ PÂ4dˊ X•:¬§É° ÍB;ô^ΛØ>Ãlø-
Ø.ÿ≈©ãôlAk^ÅÛ…1"o∏çˊÉ‗âqzïæ8%Û¥Û©iç£$xUÜÒÔòŸÉ)C‹lFˊŸ@åſô¥eD6‡µOſR®1f9ô¥%Aſ'Å Åñ2˚s 'Áſw„„π,>…ç°åπ7°Ö<N5√Lá?2∑;úſ˝C3ö3mø6≈õylu2uf
®°%p29U•∏Qxñè(\bÅ¨ñÛôµ∑c,ſª e¨ŸŸdœCÅ= > løBÉÿÇz7Vöæ*¨™i≥t2P¢ſªQª]öå}°C{‹Ö}iCxcóôœvíŜr 4hſŸ 98,0äΔYO°COyöz'd'@[H .ÖMÇU[ſf®ð®5 #Ô3=&ÔBÛ‹lø
$è.µ¶lèôEV'äjÂ≈ÉñÓ1ñk E'ñ«:¨bÅ5≠âl@ñµK:öſ¬Óñô, úˊ=BK%øπd›ÆCÅ®ð•¬ÑøeÉ¢Å'Û¨dü1„'W≈ſ«nπ¨ÖfÉ'chÅ[ÚPuÉ°Û≥ nſÆ]Û'fúñÁ¨ſÂåfiôſÒ/<≤¬ac°¢/úÅ^WhCſV
TwñPſ3õſ"lY¬tµRs"Å ſwÅ‚19çxä(ØØÓgÿDÔ°¨⁂≠¨y^'ûÅ‰Á'áñÅ¨™ååºÓûøe¨?e%Û=l∞ÓÖí<ſ˝â<lÛ¢RÛſ^'WÇexÙ}tÔÛtiÚ<}ſ2«'É √»sÿ⁂Ú°è⁂Å'(xſſ˝æ:zJ&¢µñúôûˊſ+
3@P'/Δ≈«l‗ xò"ſΔ0&4Ô1Åâç<Li„œx∏Û≈Δ0&<Ô1Bâç<Li,cœ xòÔ ſ«0&<ÔqÅâè<\y„œx∏Û≈0.<ÔqÅâè<\y,œ xòÛ≈«0.<ÔqÅâè<Ly,œ xòÔ≈«0&<Ô1Åâè<\y„œx∏Û≈
ÖÑ ſ¨¨¨ ſ1?√˝î¯>W'x_Y8,≥)K<ë˝â<âÒ≥aUfy ŒſBes±'}S…Æ©fiΔngkN¢É$@ſfſ˝Å åÔſſÉſªsÅ ¬Á‹G6l9¨,9÷Aôqôuô¨¨~§√/l.Óú„ü˝ "gÚÅuÂÛ Åûr√ò‹Ò≤yñÛÅˊ˝æ«·<ôc9≤°ſ\
gOMΔÔbtſôŸ7∞∞ú⁂„˝·BÅÚ‗ü˝ſ† YÒ¨nØſ:£uè„¨9˝,úvl≠œ¨PÛ¥0©ûm50%œ;±;œÅq ycÉÉ8,ſ ≠xÔŒ¶l∞∞ êſ· fi‡NſˊøˊÅ ö π‰ôÅ¨&#jµſº5ÊπØ é#RØſ√¨≈#®∑]ª'Åcgˊ√iêſ˝ö7
EVÿÔŒΔ¨≈ſw¨ſ{ò≥j'‹Æm¨Ô8PøMBRèt."ÊRÆÔ‗VIÉ≤uò}ΔV X·Ω·JGZ¢Ñ&2¶µVVXcmp÷Ñä¨Ÿ[æÔbi:F«ſÿÅ√.D8±N6≥®ª'öſ∞∞V≈33tö¨™9TjtêſˊXſ'KBö'ueeFâÔſnv≈@éBA≥
'ÉΩlJ%êŸb'Å? Ù Ô5≠ó¬ſ⁄Ya¨™y65Üôg kWfi ¨™üx ø%·má≠bZmÉſ<ÔjØ+!÷ÅxøˊY éÅÆ«lul≈úˊöˊ F,5°:fÔ‗Qſ&∏∑1ä†41sÅ¨™zſ„')^ſſñ8ÔÿK‗Ab≈¬ XsGDſp'Æi5≈¨ſſ¥Æ‗t‗
©ªO<ÉXY,YX¨™<ˊ≠jâ¨:åM6°¨™˝ö YF∏÷ÿê¨{Aqſcū6wc ŒÅæ≥¨Y™≈,¨gú[±•TÅ38Uœ3fſ7,çéyW¨yM‹%¨Û£eüp(ä),x/Δ«}?/Å)F'öπ¨D'l›'µ›R7≥lÈ‡$dÆj©çµGb¨0Mä fi÷6ΔΣ
ð¬ñsm5]èMóſuÉ¬(J'¢é≥¨v/Å≈eÇ¥,'úN:ð=ſo¿z¬ò$ſZſñA'\wDûſ\]ª'öŒ'BJ¨™ío»µåæŒ≤¬r£¤a'Y1Èu%'vdq'…ÓmSïä¨¨Ø¨‰:Ü b ſ˝æÅJ¨4UP'W
êſ*gLaM·ð≈¨™©il•[Tˊ+\R^;2ŒwÔ:Œ1¬Åe75î+e8âBávŸ≤óKJIVOq7Z÷Û£%µ¥%lo¨ÛÇ§ª/uΔ®∑-»åg=b ˊq,≠ˊ0ſØπ*YMúÔ¨3-
$F®√rsºQô:ſq'ſÿé'Ó=RΩŒ≈öſ©XF≈¶'ÇſVΔŸYœ»‗%·aſ<ZBäÔ¨Å•da)f7,«ſåÛÅcſv© ¢ØXflb;? S>ſ˝vbTſX/∞k%ò\ÉÔåöp„fi^5∑lvb}3U¨n¿v2Bð9ÉGΣ≈Å¿1öllæſô%oçkrÈ
bÈ\;åª«µ"…¥J2É{ð7›ùÅJN¶¿;p‗≤Ω:lú ¨l≠ª8SKπlçlâ¥ö©f≥Ù¨lúºÅuVÉÈ üO¨cT¨¶lÙF«¥·Å¨kſ0Óaÿ'é®Â≥Ó©ÅXu [ſkf#pjl%ſ¨Tà÷Oòla'xRB<≥ÿRΩ/Œæ90l3fñ}ÉV¨ÃvÉÇô

Δ.SE¨ÅſñµG   u<6m,ſ˝ a®:µV$¢¥È≤¨™Xð+X@·2j±(Vy≤°¨hÅÓ]fi„≠Sy÷
ÖÖ!Å?c‗±ZÅ¨FµeVó!x.‰oZ‹ðK⁂üéſ…¨Ù¨©wôMè9‰ò¨;)È(%o4Rtm∞∞ølV÷c ÷Ωê¨Ekÿ[3G ´
‰%¨Ô=MMÖÖ™™N ôm uvs^Ö6ſqhñ S≠Mπj¬ú7'1ſſR@àÉÿ»¨öíú£*ÁP
Ôgzπð≈ſ¨Âoé0ä„çNΔ≈öläŝ Q%öt¨cÿ%Á·S∞∞ªb¨Å4Nſ‰o2<3°ºZ¨ÉGΔå/'Bt„Yſbæ>hµ{Å›)ſ„†
Öſ/
f$rÅÖ
=:ù'Q]eˊ√°ſ.~UˊˊDˊ≠›ſTŒ ð+b'ðſQΔ©fl
JⁿⁿV9y#W~
KðꝟéˊéÈ¨Wſ6ſ0 á°=ñÖ¨™É…¨`„ÿÅjM{kſ
†FX∏È¨8UÖ¨ſÒ¢Ñ˝
fſX/Úˊ®¨™
ÇW¨'k,µ®µ'Ù«mUˊSÜY¬†<8 Δſ l5P
&-<
jxS¨ðµùú5ðŸ‹ed¨™ÿå"$ÈWâ»)Rp∑ÿ Y
Ëîârj„xÁñſw(qÿ*Z'N
mſ⁂çQx¥,YrˊòBsê…¶l¨@ÖCue¨É:ò`≠Ë
B=Ëhïÿˊ&¥Vˊ6Û*Z≠   -
7¨ΩŸſ/Œ≈∞@Q†∑x£¨Ÿ¢Ôêð
ſC¨}Z%Å∞ væ·15Å‰oKˊÔpæ±¨Öp£·<K
x⁂mÉ'M®≠NS1√Ω¢‡«Ø¨ërV
3\tJd¥„*-
+ð1Ú,oÈ O∑å®…®=Y/ÿ5Y/-
!KU't„≈ø‗1mY¨$Bπ&ſſÅ?«Y?èð dLſ-
  \äj»0QzÅ^HçVSE√ΩONGúÅ
 :r!Δ»h∏W£2ÖØ$c^∞öRπc
 Ÿ1¨M¬N±4 ¨N±:ſſ¨¨N±:ſ¬N
 ±:ſſ¨'N±:ſſ¨'N±:ſſ¨'N±:ſſ¨'N
 ±:ſſ¨'N±:ſſ¨'N±:ſſ¨'N±:ſſ¨'M
 ſ¨'N±:ſſ¨'N±¬l[¬¨8¨ø"ſ!
 !01@AŎ/?`⁂Bſª§)RäQHTÿſ¨
 pBÑ!T!B®U¨TſNÉCW
 É'¢>‗pêàBq+¨N' ¨Œ#¨W›¬D
 oê;µ¬xN‚vO~Øª ≥üèſ‹lê›'Û¨
 åN# Úſˊa„1ÿ∏üÔVØ∏ºa∏ºa
 ∏ºa∏ºa∏ºa∏ºa∏ºa)wR
 Ô.,Ô.,Ô.,Ô.,ÔUq¨ſ# ᵎ
 1 0Q¨@A˝/?,'ſmö¨úÚFhÔ üJ,'
 æ…ſſ2fLñK7¨%~+8äl)e&
 zC'x°µURT U5≥ b:içfl‚ſſ)¶JÈ
 ſ^ſ
 &¨f¢ÚON/-
 °¨ÿÅ#(⁂Ô¨ò$Bˊ"Ÿ∏ [Δ
 …Tfi çöÉfPK ^Yøl¥ vD>Y¨
 Là È6Ÿ&ÔTſlðP ſ≤ÙÜåôsſ°
 ©ˊ√¨?ùcØñj#L)O•ü?á«O·Û¨¨b
 åQÔ& ðRalÔ& êàF ü?Ú ðRaſ
 Ô& ðRaÔ‡ſ^ſˊ ſ: !1A"Qaſ 23
 qÅå°4BR±·#b rsÇj—
 @P⁂¢ˊ?¬'ſjÚÔ⁂¨Åſ>
 ‗Ô»√·r⁂¨Åſ> ‗Ô»√·r⁂¨Åſ>
 ‗Ô»√·r⁂¨Åſ>
 ‗Ô»√·Úⁿ⁂¨Åſ>
 ‗á:qâˊqâˊqâˊ√·Ú‹aÚ‹aÚ‹aÚ‹
 aÚ‹aÚ‹aÚ‹aÚ‹aÚÔ‹aÚ‹aÚ‹aÚ
 ‹aÚ‹aÚ⁂¨Åſ> lΔ lΔ lΔ lΔ
 ‗á»√·Ú⁂¨AwlÅwlÅwlÅl> lΔ
 lΔ
 ‗á»√·ÚâFl!áÅÉ¡‚ð¨ c L¨ſp ¶lfl
 ∑„¨„ L¨ſp ¶l>flÛ;s·ufü5s%œ:È
 ‗‰onØá>\8.⁂.Ôæ°ºo¨™l∑⁀w
 çiV!‡öÛ≥Û/+¥≥{mèg„Δ‚ð¨ſ·å„
 ;ö·Mπ Tÿ
 ç¶l¬øV"/æð{Å¨"‹4Qñ≤¨GTæ‗
 È¨‰ª

H¬ſ⁄≥Ó£…[(.ſ«wÔ‗ •&k5wD¨™CÙÃÆ¬>)9¨Ç 6*\TÖñ}:Ùe¨Ù'åÅ‚ªaR^≈ſ{:tðc%,ÙW ¨ſ¨™H‹< ſ≥ù‚h¨Æ/ål]Jä‰oˊ˝xf©Û% ¥
<Tſçⁿ%K±èˊ>P≠ úˊ®R¶lſſè≤‹7ˊb'xiΣÔC3‚Dªh‚Ç

www.werwarroberto.com